文學叢刊

蔣子安著

蔣家媳婦

下集

文史哲出版社印行

國家圖書館出版品預行編目資料

蔣家媳婦　下集 / 蔣子安著. -- 初版 -- 臺北市：文史哲, 民 108.03
頁;　公分（文學叢刊；402）
ISBN 978-986-314-456-4（平裝）

857.7　　108003866

文 學 叢 刊　402

蔣家媳婦　下集

著作者：蔣　子　安
235 新北市中和區秀朗路 3 段 10 巷 35 弄 5 號
電話：886-2-2942-6636
手機：0931-170-603
校對者：蔣　鵬
出版者：文　史　哲　出　版　社
http:// www.lapen.com.tw
e-mail:lapen@ms74.hinet.net
登記證字號：行政院新聞局版臺業字五三三七號
發行人：彭　正　雄
發行所：文　史　哲　出　版　社
印刷者：文　史　哲　出　版　社
臺北市 100-74 羅斯福路一段 72 巷四號
郵政劃撥帳號：一六一八〇一七五
電話 886-2-23511028 · 傳真 886-2-23965656
定價新臺幣四二〇元
2019 年（民 一 〇 八 年）三 月 初 版

ISBN 978-986-314-456-4　10402

蔣家媳婦（下集）目次

蔣家媳婦　2

母親是我一生的思念與牽掛
也是我一生的傷痛與遺憾

公元一九三二年（民國二十一年）先父蔣公諱初生辭世時，母親項瑞玉女士，年僅四十歲，我兄弟四人，姊姊發鳳時年十四歲。弟弟光湖（乳名湖北）年僅四歲，我原名光爛（號子安，乳名上海人）僅六歲，上有長兄光法，是前母所生，時年二十餘歲，已能自力營生，受叔嬸縱容，堅持分家。從此我們母子四人，過著清苦的日子，所謂孤兒寡母，相依為命，至今點滴在心頭。

我於公元一九四三年（民國三十二年）投筆從戎，擔任國民政府主席蔣公介石衛士，民國三十七年隨軍赴台灣。

外祖父項公德元，是前清秀才，也是我的啟蒙恩師，我抵台後，接獲外祖父手示，求一名人題匾，以褒揚母親年輕守寡，矢志撫孤之志。

公元一九四九年（民國三十八年）國民政府撤遷台灣，中國大陸由中共建立中華人民共和國，從此兩岸對峙，音訊不通。每展閱外祖父手示，念及母親生死未卜，終日惶惑不安，何止樹欲靜而風不息。

公元一九八六年（民國七十五年）兩岸敵對漸緩，但仍禁止通信往來，有鄉友鄭君冒險回大陸，返台灣後，帶來發鳳姐信息，另也因我在台灣中視製作連續劇「戰國風雲」在大陸播出，弟弟光湖父子從螢幕上驚見我的姓名，輾轉打聽，終亦取得聯繫。

三年後，也就是一九八九年，我才獲知母親已於通信前一九八三年仙逝，享年九十三歲，逝世前仍頻呼我的乳名，想起母親四五十年來，心中牽掛著一個顛沛流離生死不明的兒子，真教她如何瞑目？又教我如何安心？！

一九八九年，兩岸政府開放民間往返，我離鄉背井已四十餘載，思鄉心切，又想起外祖父的叮嚀，乃懇請蔣公介石次公子蔣緯國上將，為先母題字，承蒙惠允，並親題『節勁德馨』四字褒崇，復蒙浙江省常山縣當地政府鼎力相助，勒刻成碑，銘感五中，一九八九年九月，我返鄉探親，拜祭立碑，完成多年心願。

母親心胸豁達，樂善好施，常為鄉人排解糾紛，鄉人均感佩其德。

現今我已娶俞氏為妻，育有二子，長子蔣麟。次子蔣鵬，任教於大學、中學。

弟光湖亦育有二子，長子克懷（務農），次子克品（教育），下有晚輩，服務警界與教育界，兩家後生均事業有成，堪可告慰先母在天之靈。

兩岸音訊中斷四十餘年，但斷不了血脈親情，如今我已落葉歸根，願母親瞑目安息。

不孝男蔣子安（乳名上海人）

親筆恭識一九九三年八月。

上集情節摘要

大陸文化革命初期，因江冬梅的父親，隨國民黨政府去了台灣，被貶為黑五類，備受歧視與排擠，蔣永正的母親也對江冬梅有偏見，永正只好遠調來東北礦場工作，其母眼不見為淨，才允婚。

永正與冬梅在東北礦場附近，已住了十年，育有一子一女，後有知青，委託又收養一男一女，一視同仁，全為蔣家子女，蔣永正為浙大碩士學歷，優秀工程師，江冬梅為優秀助產士，夫妻恩愛，眾人均稱為模範夫妻，不意礦場坍塌，蔣永正搶救同仁，而自己光榮犧牲，臨終囑冬梅，務要申請南調浙江家鄉，奉養老母及扶養四個小孩長大成人。

冬梅帶了四個孩子，來到浙江家鄉，蔣母不納，因住在女婿家，女婿羅世廷懂事理，勸解勉強收留，住在一間木板破屋，世廷為鄉供銷社經理，家境比較優裕，因冬梅徐娘半老，風韻猶存，小姑有了戒意，與夫婿約法三章，友朋識她「氣管炎」。

冬梅是助產士，去鄉衛生所報到，不料衛生所所長，竟係當年戀冬梅最深的學長吳力，有一資深助產士崔英，追求吳力多年，曾寫了百封情書，但沒有攻克吳力的心，偷聽吳力吐露心聲，願共扶養四個兒女，崔英因妒生恨，到處煽風點火，破壞江冬梅名聲。冬梅欲哭無淚，真是應了哪句話：「寡婦門前是非多。」

冬梅事婆至孝，蔣母感動，取出一封密藏多年，從台灣寄來的信，冬梅一看，是父親寄來的，非常意外、驚喜，雙淚直流，聲嘶力竭叫了一聲媽，撲向婆婆，婆婆也自責她是惡婆婆，婆媳心結立除，但是好景不常，蔣母得了老人癡呆症，病逝女兒家，冬梅對夫遺照自責，沒有照顧好。

十二年過去了，四個孩子都長大了。

老大蔣旭東（收養）高中畢業，輟學學中醫，已能把脈開方。

老二蔣旭陽（冬梅親生）學業優異，想考大學。

老三蔣莫愁（冬梅親生）已自越劇學校畢業，準備公演。

老四蔣莫依（收養）正在學習蘇繡。

蔣家四個孩子，個個如雨後春筍，快要露出土了。

至於羅家羅世廷官運亨通，已是浙西第一區貿易公司總經理，其妻蔣永娟，整日無所事事，吃喝玩樂，除了兒女功課比不上蔣家，其他無不比上不足，比下有餘，因此永娟頗有躊躇滿志。

上集寫到，蔣莫愁在劇校不是頭牌，也是二牌，因公演先不能演主角，心生不滿，後因主角有病，臨時罷演，主角的冠冕又掉在莫愁頭上，因好勝心切，壓力太大，忽然喉嚨發炎、肚瀉，公演延期不成，只有臨時換劇目，換人主演，終歸老天爺還是照顧蔣家，到時莫愁百病全消，仍然擔任主角演出，一炮而紅，成為劇壇一刻耀眼新星，但世上事詭譎多變，福來了，禍亦接踵而至，幸虧冬梅及時趕到，救了女兒…… ……

（一）

冬梅心急救女，隨手拿起門內熱水瓶，擲向呂照亮。

呂照亮背中熱水瓶。

莫愁推開他，呂照亮滾下床。莫愁上衣已撕破，奔向母親，緊擁母親痛哭：「媽！啊……」

冬梅安撫莫愁：「不哭、不哭，媽媽來了。」

呂照亮滾到床下，一動不動，無聲無息。

李強還想用椅子砸他。

冬梅勸阻：「算了，快去通知公安人員。」

李強出。

莫愁驚魂甫定，哭說：「媽！他好壞，原來他是個騙子，他是個騙子，啊……」

「我不是叫妳找劇團的人陪妳嗎？」冬梅說。

莫愁還是邊哭邊說：「我是怕羊肉沒有吃到惹到一身騷，想到敲定以後，再向劇團匯報，想不到碰到個大騙子，我恨死他，我去踢他幾腳，消消氣。」

「不，他現在裝死，讓公安人員處理吧！」

這時兩個公安人員進來。

呂照亮仍伏躺在地上。

公安甲看了一眼，用腳碰碰他說：「喂！喂！裝死也沒有用（厲聲）起來！」

公安乙用腳弄他翻身。

呂照亮卻睜了雙眼不動。

公安甲詫異，用手指在呂照亮鼻孔，試了試，臉色大變：「呃！沒有氣息，死了！」

冬梅聞聲極意外：「什麼？死了？！」

莫愁更是嚇得哆嗦：「媽！啊！」

莫愁再度哭倒母懷。

冬梅亦站不穩，頻頻搖頭自語：「怎麼會？怎麼會？」

冬梅跌坐在椅上。

偵查室，偵查員在偵查江冬梅，女警在旁看守。

「江冬梅！請你說一說命案發生經過。」偵查員問說。

莫愁與李強坐一旁，一臉愁容，莫愁不時擦淚。

冬梅考慮俄頃才說：「好的，事情從三天前說起……自從小女莫愁主演越劇，小有名氣之後，親戚朋友都很替她高興，三天前有個叫呂照亮的先生，自稱影視公司經理，鼓起三寸不爛之舌，遊說莫愁拍電影，並約今天下午，在上海天天酒店咖啡廳，與她表弟也是名導演，胡家華見面，小女看機會難得，也就答應了，我雖然沒有見過什麼世面，但對這個油腔滑調的男人，也有了戒心，所以叫小女最好由劇團人員陪同，比較妥當。」

記錄人員速寫著。

冬梅退下。

莫愁入座。

偵查員繼續審問蔣莫愁：「蔣莫愁！今天下午就由劇團人員陪同來見呂照亮了？！」

「沒有。」蔣莫愁答：「是我單獨去的，因為我怕事情傳開，沒有成功，會很丟臉。」

「那妳到天天酒店以後呢？」

蔣莫愁答：「我們先在咖啡廳等胡導演，呂照亮打了電話，不曉得這個電話真假，他說胡導演說的，做演員要有耐心，這也是給我一個考驗，後來他又說，已在四樓訂了房間，要我去四樓等胡導演，我問為什麼要去房間，呂照亮說，導演和演員簽約，在酬勞上難免有所爭執，屬於業務機密。

「到了四樓以後呢？」偵查員繼續問。

「我又逼他打個電話，他說對方沒有人接，大概已經來了，他說房間空調不好，太熱，要我脫外套，我不肯，這個時候我有了戒心，我說胡導演忙，以後再說，我準備走，他拉住我，表示胡導演若沒有誠意，他自己投資拍片，將給我片酬三十萬，三十萬對我來說，是個天文數字，我若能賺三十萬，對我家是個很大的幫助，我二哥上大學需要錢，我小妹是因為我的疏忽，而患小兒麻痺症，我答應要幫助她一輩子的，後來他的言行越來越放肆，我才知道我錯了，我受騙了，我要奪門而逃，門已鎖，他強拉住我，撕下假面具，把我壓在床上，我拼命掙扎喊救命，一直到我媽來，（哭）啊……」

女警扶痛哭的莫愁下。

冬梅又入座。

偵查員繼續問江冬梅：「江冬梅！妳是什麼時候到天天酒店的？」

冬梅答：「大概是下午五點左右，我所以來，是因為我不放心莫愁，她還是一個不懂事的孩子呀！」

偵查員：「妳怎麼知道他們在404房間？」

冬梅：「碰巧我認識在酒店工作的李強，當我到達四樓走廊，就聽到莫愁喊救命救命，我們踢開門，看見一個男人壓在我女兒身上，我一時氣急，隨手拿起熱水瓶，向那個男人擲去，我原本是讓那熱水瓶警告，並不是要致他於死地，可是想不到……平時我殺雞都怕，我怎麼會殺人呢？噯？！」

女警扶冬梅離開。

李強入座。

偵查員偵訊李強：「李強！你跟江冬梅什麼關係？」

「非親非故，是有一次和他兒子 發生一點誤會而認識的，蔣媽媽是個好女人、好母親，我對她很敬佩。」李強答。

偵查說：「江冬梅擲熱水瓶的時候，你是唯一的見證人，她說的話屬實嗎？」

「確實如此，我本來想拿椅子砸那個男人，救蔣莫愁，想不到蔣媽媽擲的熱水瓶已先擊中呂照亮了，呂照亮從床上滾下來，後來公安人員來了，他已經死了！」

偵查員：「你講話要負責任！」

李強：「當然，到法庭我也是這樣講。」

偵查員：「好吧！等下你們看了紀錄，認為無誤，請簽字。」偵查員退下。

上海市某一區，警分局長辦公室。

偵查員正在向分局長匯報。

分局長聽了後，指示：「不管誰是誰非，畢竟是個命案，我們要勿枉勿縱，不得有誤。」

「是，局長！（大陸習性，分局長可稱局長）」

「導演胡家華是個關鍵人物，務要找到他，說明一切。」分局長說。

偵查員：「是，我正在辦！」

「屍體化驗結果出來沒有？」

「還沒有。」

「嗯，江冬梅在事情未明朗前，暫時留置拘留所，其他人可以回去。」分局長明確指示。

「是，局長！」

偵查室，冬梅、莫愁、李強坐在那邊，女警看守。

偵查員進來，看了江冬梅說道：「江冬梅暫時留置拘留所，其他人員回去，隨傳隨到！」

女警帶江冬梅入內。

莫愁拉母不放哭叫：「為什麼我媽要關起來？她是保護我呀！我媽沒有罪！」

「莫愁！他們是奉命行事，不要為難他們，媽不會有事的，你去復旦大學找旭陽，通知旭東、莫依，要他們不要著急，我很快就會出來，嗳！」冬梅對莫愁說。

女警押冬梅入內。

莫愁哭叫：「媽！媽！」

鄭分局家，鄭成明就在窗口吸菸，他與江冬梅是舊識，當年東北礦場塌翻，江冬梅的愛人蔣永正本來逃過一劫，因是回頭救他，而光榮犧牲的，鄭成明後來發憤努力，考入警校，多年後因功升了上海市某區警局分局長。

鄭妻在旁哀求：「成明！江冬梅是咱們的恩人啊！十三年前東北礦場發生塌方，若不是她愛人蔣永正回過頭來救你，你能又今天？」

鄭成明心中有點煩，回說：「我知道，我知道。」

鄭妻「十三年來我們一直想報答他們母子 但是苦無機會，今天是咱們報恩的時候了。」

「妳真嘮叨！當我知道這個命案和江冬梅有密切關係，我一直很關注這件事。」

鄭妻：「那你為什麼還把江冬梅留置在拘留所？！」

「那妳說，我該怎麼辦？」

「事實擺在這裡，那個星探根本是玩弄女性的高手，社會敗類，死有餘辜，江冬梅是為了救女兒，正當防衛，她有什麼錯？」鄭妻一直替江冬梅說話。

「我是人民保姆，我要秉公辦理這件事，何況這是命案，在案情未明朗以前，我不能偏袒任何一方，再說，報恩也有各種方式，萬一江冬梅有罪，我已經打算照顧她一家大小，不過由我的判斷，就算是呂照亮的死因，是江冬梅，也正如妳所說：江冬梅是正當防衛，也不會判很重的刑責。」

鄭妻還是苦勸：「成明！我總覺得我們虧欠她太多，在你職權可能範圍之內，盡量照顧她吧，嗳！」

鄭成明拍了拍妻子說：「一個是劇壇新秀，一個是星探命案，明天一見報，一定轟動社會！」

報社快速印刷機，印刷報紙。

羅世廷客廳，小軍穿了睡衣到門口取了日報，看了一眼大驚，社會版頭條新聞，標題這樣寫著：「影壇新秀遇騙，母親救女變兇手，星探呂照亮意外死亡，（本報訊）本市天天大酒店下午發生意外命案……」

小軍看到這裡，大叫起來：「爸！媽！你們快來，快來啊！」

世廷已穿好衣服，永娟尚未化妝，穿了睡衣，及小娟步出。

「什麼事？什麼事？哇天鬼叫的？」

「舅媽出事了，舅媽出事了！」

世廷搶過報紙看著，其他人圍觀。

於是七嘴八舌，眾人說著。

小娟：「怎麼會有這種事？」

永娟：「我還羨慕她呢？真是人怕出名，豬怕肥啊！」

世廷損了她一眼。

小軍：「莫愁表妹，這下臭名揚天下了。」

小娟：「你只是關心表妹？！」

永娟更是指責江冬梅：「這種事怎麼可能一個人去呢？冬梅白當個星媽，換了我，門兒也沒有。」

世廷擔心江冬梅：「現在不是說風涼話的時候，江冬梅這個時候最需要的是精神支援，我打個電話給錢董事長！」

世廷走去打電話。

錢家夫妻女兒也在看報紙。

錢妻急地：「太不小心了，太不小心了，孩子的爸，快救救乾女兒和她媽。」

電話鈴響，錢芳接聽：「喂！是的，呃，是羅伯伯，好，請等一下，爸！羅伯伯電話。」

錢董接電話：「喂！是的，剛才才看到新聞，我也嚇一跳，嗯、嗯，好，那請世廷兄趕快連絡王大有王鄉長，和吳力吳院長，十一點在天天大酒店碰面，好的，再見！」

錢董掛了電話。

錢芳：「我去通知旭陽！」

錢芳說完就連忙跑出。

這樣一來，蔣家子女和至親好友，均趕到上海某區警局分局，探望江冬梅了。

警分局偵查室，要偵查名導演胡家華。

胡家華準時到達。

偵查員陪著蔣莫愁進來，兩人對望。

胡家華先開口招呼：「妳就是蔣莫愁?!」

莫愁微笑點點頭坐下。

「抱歉，我也是被害人。」胡家華說。

紀錄員就位，準備筆錄。

偵查員這才開始問話：「胡家華，你認識蔣莫愁小姐嗎？」

「見過報上報導她演出的消息，但沒有見過面。」胡家華據實回答。

偵查員：「你沒有看過她越劇演出嗎？」

家華：「演出當天，我是想去看她演出的衝動，後來因為有事，沒有去成。」

偵查員：「你說去看他演出的衝動，是什麼意思？」

家華：「身為導演，為了角色需要，一般都很注意劇壇新秀。」

偵查員：「通天影視公司經理呂照亮，是你表兄？」（請注意有無同名公司）

家華：「這是這個世紀天大的笑話，八大桿子也打不到什麼親戚。」

偵查員：「那你不認識呂照亮？！」

家華：「說不認識也言過其實，僅有一面之緣，大概是一年之前，我來上海拍戲，他去我拍戲現場，看到我一個勁巴結我，說他是星探，要為我介紹演員，我當時很忙，僅口頭答應，應付他，後來一直沒有見過面，也沒有由他介紹的年輕人來找過我。」

偵查員：「不是你授意他去找蔣莫愁小姐的？」

胡家華有點氣，搖頭：「不是！同志！我必須聲明，蔣莫愁這件事，與我毫無關係，呂照亮不是我親戚，也不是我授意的星探，他是借我的名，誘騙初出道的女孩子，他已經傷害我的名譽，他若是沒有死亡，我肯定到法院告他毀謗罪。」

偵查員：「因為你是這件命案的關鍵人物，所以不得不請你來說明一下。」

胡家華看了看莫愁說：「我理解，所以我對蔣莫愁說，我也是被害人。」

偵查員：「謝謝你合作，還請你隨傳隨到。」

胡家華點頭。

他與莫愁站起對望。

家華伸出手相握：「莫愁小姐，妳有很好的條件，等這件案子了結以後，我們再連絡好不好？」

莫愁苦笑搖頭。

橫沿鄉衛生所崔英，林雪也在看報紙。

報上標題寫著：「本市天天酒店昨日下午，發生意外命案……」

林雪邊看報紙，邊說著：「女兒演出成功，我還以為江冬梅快苦出頭了，想不到又出這種狀況。」

崔英也很意外：「想不到，太想不到了，這個呂照亮我認識，不是正派人，他的愛人是我們村子裡的小姐妹，我們很少來往。」

林雪：「噢！這件事已經轟動社會，聽說吳力院長，他們正在設法救江冬梅。」

崔英：「呃？！」

林雪：「心上人被留置拘留所，吳院長能不著急嗎？」不知林雪是好意還是歹意。

崔英聽了這句話，臉色立變，握著拳頭說：「好哇！江冬梅！我要叫妳永無翻身之日！」

越劇劇團周團長及老師也在為蔣莫愁弄出命案開會。

老師個個搖頭。

閻老師猛吸菸。

周團長厭惡地用手搧菸，說：「上頭說話了，指我們管教不嚴，才出了這種糗事。」

老師甲鐵面說：「我贊成嚴厲處分，不然如何振興團風，如何領導劇團？！」

閻老師考慮後說：「讓我說句話好不好？」

「請說！」周團長說。

「我找蔣莫愁談過話，她一直後悔莫及。」閻老師說。

老師甲立即指責閻老師：「你就是替蔣莫愁說話，團長！我贊成開除，立即開除！以振興團譽！」

閻老師說：「蔣莫愁究竟是個孩子，頭腦簡單、無知，她不了解社會險惡，她的錯是錯在事先沒有匯報，由劇團人員陪同她去見面。」

老師甲說：「這還不嚴重嗎？國有國法，團有團規，她明顯違犯團規，不值得原諒。」

一位女老師對蔣莫愁一直有好感，也替莫愁講了話：「團長！培植一個人材也不容易，蔣莫愁上次抱病演出，非常成功，對本劇團是一大功臣，劇團應該先派人慰問，同時也應當注意事件發展。」

周團長：「梁老師提議很好，就請梁老師代表本團去慰問吧！看看這幾天發展情形再議。」

報社快速印報，標題極為醒目……

「星探命案，續有發展。」

「死者作惡多端」

「受害者投書，雪片飛來。」

「婦聯會已組後援會，支持江冬梅。」

支持江冬梅的後援會，多人在錢家客廳聚會。

錢芳小姐發著每人一份報紙。

錢夫人一邊看，一邊說著：「我們婦聯會的消息已在報上登出來了，參加的人，越來越多。」

永娟發言說：「錢夫人！我本來已說服一個剛出道的演員，出面說明受騙的經過，後來她的家長，臨時改變主意，沒有成功。」

錢夫人說：「不要緊，報上有這麼多人投書，足資徵信。」

阿美說：「聽說死者的愛人，也要到公安分局陳冤。」

錢夫人：「恐怕她有臉來，沒有臉回去，姊妹們！我們聲援的不是江冬梅，不是蔣莫愁，而是正義，為非作歹，應該受到社會唾棄，對不對？」

眾人鼓掌。

鄭分局長辦公室。

死者呂照亮妻子，手持嚴懲兇手的紙牌，跪在那邊。

分局長鄭成明，連忙趕前扶起：「請起來，請起來，有話慢慢說。」

呂妻站起，看了陪同她來的崔英一眼。

崔英說：「局長！呂照亮被人害死，已經兩天了，報上還在鞭屍，這社會公平嗎？」

鄭分局長看了看她問說：「請問妳是誰？」

崔英答：「我是浙江省遂安縣橫沿鄉助產士崔英，呂照亮的愛人，是我同村小姐妹。」

「死者呂照亮是不是經常和妳見面，你們交情很深？」

崔英連忙說：「不，不，這個人我不喜歡，我們很少見面。」

「既然你們很少見面，妳又怎麼肯定報上投書是鞭屍？」鄭分局長嚴正說。

「這，這……」崔英語結。

鄭分局長又盯了一句：「妳帶她到我這裡請願，動機是什麼？」

「嚴懲兇手，使兇手無翻身之日。」

「這點請你們放心，我一定秉公處理，我已經命令承辦該案有關人員，要勿枉勿縱，向社會做一個明白公正的交代，崔同志，我懷疑妳是不是對某人有私人恩怨，妳可以向我偵查員坦白坦白！」

偵查員入內，向鄭行軍禮。

鄭分局長指示：「這位崔同志好像有很多話要說，你帶去問一問吧！」

崔英怕了，立即變色：「啊！不、不，我沒有話要說。」她拉了呂妻衣服急說：「我們走吧！我們走吧！對不起！對不起！」

崔英一再點頭哈腰而退，一邊輕語：「見妳的大頭鬼，差點連我也扯進去。」

素素站在籬笆旁，望著冬梅家。

老丁拿著酒瓶叫著：「素素！素素！」

「爸！我在這裡。」素素答。

「我叫妳也不答應，妳魂掉了？！」

「我是在想蔣媽媽的事，已經三天了，一點消息也沒有。」

老丁：「人家蔣家，干妳什麼事？妳是他們蔣家的媳婦？妳是他們傳聲筒？江冬梅出事活該！」

老丁因為已有點半醉，話說得太重，差點摔一跤。

素素不滿的輕說了一句什麼。

老丁：「妳不服氣？崔英跟我說了，她要藉這個機會整一整江冬梅，出出她的霉氣。」

素素說：「蔣媽媽沒有錯，那個呂照亮那天來，油腔滑調，我就知道不是個好東西！」

老丁：「妳，妳是好東西，江冬梅是好東西，告訴妳，除了我，全是混蛋！」

老丁靠牆跌坐了下去，立即打鼾。

素素看了一眼搖搖頭。

分局長辦公室。

鄭成明正在看公文。

鄭妻進來。

鄭分局長一見，立即站起說：「難得、難得，夫人駕到，今天妳怎麼有空上街？」

「我是來告訴你，我已經加入聲援江冬梅的行列。」

「妳也……」鄭成明有點意外。

「我們區長夫人，甚至副市長夫人全都參加了，你若是不趕快結案，聲援的人會像滾雪球一樣，越來越多。」

「嗯，我也想到這個。」他按了桌上電鈕。

偵查員進來，行禮。

鄭局長：「報上的版面，越來越大，聲援江冬梅的人越來越多，死者的家屬也來請願了，這樣下去，會成社會問題。」頓了頓又說：

「老陳！死者呂照亮驗屍報告，驗出來沒有？」

「剛剛出來，我也正向局長報告呢！」

「快給我看。」

偵查員呈上卷宗。

鄭成明連忙翻閱：「好，好，可以結案了。」

「那江冬梅？」偵查員請示。

鄭成明：「無罪開釋！」

鄭妻一聽，欣慰，微笑：「真的？老鄭！」

鄭分局長含淚點頭。

偵查員正待轉身走出。

鄭分局長叫住他：「你把江冬梅帶到會客室，我親自告訴她！」

「是，局長！」偵查員走出。

分局長會客室，江冬梅不知究理站在那邊。

偵查員陪侍穿制服的鄭成明和鄭妻入內。

偵查員對江冬梅說：「這是我們分局長！」

冬梅望了他一眼，點了點頭。

鄭成明一臉笑容，伸手相握。

「大嫂！妳還記得我嗎？」

冬梅訝異望他。

鄭自我介紹：「我是鄭成明！」又向妻招手。

鄭妻一來親熱地挽其臂說：「大嫂！長遠不見了。」

冬梅意外極點，一時不知如何應對，只問說：「你是這兒分局長？！」

鄭分局長點頭答：「是啊！」

冬梅：「我的案子，你全了解？」

鄭又微笑點頭。

冬梅叫著：「難怪，難怪局裡的人都對我那麼禮貌。」

「不，大嫂！妳誤會了，局裡的人全不知道我們的關係，妳不信問偵查員老陳。」

偵查員點點頭。

鄭分局長向老陳說明：「江冬梅的愛人同志，是我十多年前的救命恩人。」

偵查員不解抓了抓平頭：「噢！那，局長！我不懂，江冬梅是妳的恩人，照說第一次驗屍報告出來，就可以釋放她了。」

鄭妻笑說：「就是，我在家裡跟他吵，說他忘恩負義的人。」

鄭分局長：「也就是因為有這層關係，我得特別慎重！把蔣大嫂暫時留置拘留所，然後請市人民醫院做覆驗，免得受人批評。」

冬梅：「局長！你做得對，我不會怪你。」

鄭分局長：「現在市人民醫院複驗報告出來了。」

冬梅：「怎麼樣？我有刑責嗎？」

鄭分局長搖頭說：「證實第一次法醫驗屍是正確的，死者呂照亮死於心肌梗塞症，妳不必受刑責。」

冬梅感動含淚。

鄭成明又拉冬梅手說：「大嫂！委屈妳了，老實說，這幾天，我內心交戰很厲害，好幾次我想單獨去看看妳，又怕消息曝光，只有乾著急。」

鄭妻說：「大嫂！市婦聯會，已組成支援妳的後援會，我和區長夫人，副市長夫人都參加了。」

冬梅含淚搖頭。

「報上投書很多，呂照亮作惡多端，妳是為民除害呀！」鄭妻又說。

冬梅愉悅地說：「那，我自由了？！」

鄭分局長含笑點頭。

女警提來冬梅衣物，她主動擁抱冬梅。

冬梅哽咽：「你們對我太好了。」

「好人不寂寞。」女警說。

冬梅笑了，主動和鄭成明握手：「以前看到公安警察，想到拘留所就怕，現在想想，也不過如此。」

鄭成明說：「我不說在這兒再見，我會去妳府上拜訪妳。」

冬梅：「不敢當！」

會客室的門打開了，旭陽、旭東、莫愁、莫依四兒女進來，擁抱母親，哭成一團。

冬梅：「孩子，媽沒有事了，可以回家了，這是當年東北的鄭叔叔、鄭嬸嬸。」冬梅介紹著。

孩子們一邊擦淚，一邊七嘴八舌叫著：「叔叔、嬸嬸！」

鄭成明親切撫摸他（她）們頭。

鄭成明說：「這麼大了，都成年了，不容易啊！大嫂！我陪妳出去！」

分局大門口馬路，門口已聚集了很多人，大多為中年女人，有人拿花環、東花在等候。

鄭分局長伴冬梅走出。

眾人叫著冬梅及蔣媽媽。

冬梅一看大為意外，極為感動。

鄭成明雙手示意安靜，然後大聲說著：「我是鄭分局長，我在這裡宣佈，呂照亮死於心肌梗塞症，江冬梅沒有刑責，無罪開釋。」

眾人鼓掌叫好，錢芳獻上花環，小娟獻花。

突然路中冒出呂妻披麻戴孝，拿著嚴懲兇手的紙牌，由崔英陪著，跪在那邊。

呂妻大叫：「嚴懲兇手！嚴懲兇手！」

崔英與吳力互相怒視。

眾人大罵：「不要臉，含血噴人，打！打！」

鄭分局長示意取締。

冬梅手阻，欲前去安撫。

崔英一看情況不對，勸呂妻：「算了，眾怒難犯，快走吧！」

眾人追打。

呂妻跑了兩步，跌倒，冬梅趕快去扶她，她見是冬梅，怒目望冬梅，猛推冬梅，冬梅差點摔倒。

吳力及時扶住。

呂妻和崔英快步走出。

莫愁、莫依攙扶母親，叫著：「媽！媽！」

冬梅：「不要緊。」

冬梅微笑向鄭成明揮手，並雙手合十感謝群眾，向群眾掌聲中，走去走去。

羅世廷大門口放了一盆火。

冬梅和莫愁在上面跨過。

永娟在一旁念念有詞：「跨過火盆去霉運，跨過火盆去霉運。」

其他人在一旁注視。

世廷請眾人到客廳。

永娟攙住冬梅，小娟攙住莫愁。

永娟說：「大嫂！妳和莫愁今天要做三件事，第一件跨過火盆，第二件吃豬腳麵線，第三件徹徹底底洗個澡，清除霉運。」

冬梅笑說：「好呀！肚子也餓了，身上也髒了，麵線是要吃的，澡是要洗的。」

小娟拉莫愁手說：「莫愁！經過這次事件以後，妳的名氣更大了。」

莫愁笑了笑說：「臭名揚天下，這種名氣，還是不要的好。」

小軍搭上一句：「流芳百世，遺臭萬年。」

永娟損了小軍一眼：「去，去，亂用成語，所以連大學也考不上。」

小軍：「表妹！我是開玩笑的，妳不要見怪。」

世廷放下臉：「開玩笑要有分寸，此時此地用這種成語，足見你胸無點墨。」

旭東解圍：「姑父！大家開開玩笑沒關係。」

小軍吸菸。

世廷：「事情總算了了，兩天前，吳院長就打聽到永正是鄭分局長的救命恩人，他裝聾作啞，我們也來個裝聾作啞。」

冬梅：「吳院長並沒有告訴我。」

世廷：「鄭成明這個人很難處，怕事情點破了，反而增加困難。」

冬梅：「這樣好，我欣賞他處世的態度，他若是循私袒護我，我還不答應呢！」

旭陽：「我贊成媽的想法，因為媽並沒有錯。」他停了一下，又對母親說：「媽！沒有什麼事，我先回宿舍了。」

小娟：「旭陽！吃過飯再去，說不定錢芳會來。」

旭陽：「謝謝姑姑、姑父，還有表哥表姊，大力支持，我走了。」

冬梅站起望他走出。

他們正要落坐。

想不到旭陽卻領著導演胡家華及曹製片進來。

旭陽：「媽！有兩位客人來了。」旭陽說後步出。

胡家華及曹製片掏出名片給世廷和冬梅。

世廷看名片一眼說：「原來是名導演和曹製片，請坐！請坐！」其他人讓坐站一邊。

他們入座。

胡家華望著莫愁說：「我跟莫愁小姐在公安局見過。」又對冬梅說：「伯母！妳受委屈了。」

永娟故意大叫了起來：「噢，原來你就是那個始作俑者胡家華導演，大嫂！我們來個三堂會審，把他屁股打爛。」

大家一笑。

家華靦腆笑了笑說：「其實我一點也不知道，我也是受害人。」

冬梅考慮俄頃說：「兩位的來意是……」

曹製片回說：「第一、是表示慰問。第二嘛……這樣吧！咱們打開天窗說亮話，胡導演本來不認識莫愁小姐，那天胡導演從公安局問話回來，一直念念不忘莫愁小姐，對她讚不絕口，說是下部片女主角的最佳人選，今天案子了了，對莫愁小姐而言，非但對往日令譽無損，反而知名度大為提高，這對一個藝人來說，是個絕好的機會，所以咱和胡導，捷足先登網羅人才……」

永娟：「不要又是第二個呂照亮吧？！」

曹製片：「不、不，貨真價實，咱們影視公司是金字招牌，在上海影視界無人不知，無人不曉。」

胡家華說：「伯母！妳們經過這件事情後，驚魂甫定，一朝被蛇咬，十年怕井繩的心態，我很理解，但是我們確實是誠心誠意的！」

曹製片：「咱再說具體一點，咱們想跟莫愁小姐簽本公司基本演員合同，平時有月薪，拍片有酬勞。」

冬梅：「這恐怕不可能。」

曹製片緊問：「為啥？」

冬梅：「因為莫愁從小考入越劇團，經過十多年的栽培，才有今天，她是越劇團的成員。」

曹製片：「哦，這個沒有關係，周團長、閻老師，咱們都很熟，只要你們點頭，其他的事咱們來辦！」

冬梅：「謝謝你們的好意，我覺得影視界太複雜了，而我們莫愁又是個實心的女孩子，恐怕無法適應。」

曹製片為難：「這、這。」

永娟在一旁聽了，內心著急，連忙說：「大嫂！這是機會！」

曹製片立即接腔：「對，羅夫人說得沒錯，機遇不可錯失啊！」

冬梅：「我已經想通了，什麼名啊，利啊！都是空的，只要一生平平安安就好了。」

曹製片看了羅世廷一眼說：「羅經理！你是場面上人，請你幫忙說句話吧！」

羅世廷笑了笑說：「我倒想請問二位，你們怎麼知道我是羅經理？」又用手指點了永娟：「她是我愛人？！」

曹製片也笑了笑說：「我們幹這一行，也像新聞工作者一樣，必須有敏銳的觀察力，老實說，這兩天，咱們已經派人把莫愁小姐的親戚朋友打聽得一清二楚。」

世廷心服：「難怪！難怪！你們真厲害！」

曹製片連忙敬菸。

小娟端來茶水。

世廷考慮一下說：「這樣吧，你們二位真誠實意是肯定的，莫愁母親的話，也是肺腑之言，不過呢？每人有每個人的出路，莫愁既然當年學戲，步上影戲，在我看來是必經之路。」

胡家華一直沒有開口，這時她望了望曹製片說：「對，對，羅經理說的對，我們想聽聽莫愁小姐有什麼意見？」

莫愁考慮俄頃，對母親說：「媽！我跟劇團研究一下，以後再說好不好？」

冬梅點頭：「也好！」

曹製片、胡家華站起，曹製片說：「好極了，就這麼說定了，倘使有別的影視公司來找妳們，你們就說，以我們公司為優先。」

胡家華及曹製片又給莫愁名片，然後與世廷、冬梅、永娟、莫愁等握手辭出。

小娟拉著莫愁打轉：「表妹！你要成大明星了，妳要發紅發紫了，哈哈……」

聰明的永娟對冬梅說：「大嫂！莫愁拍戲得有人陪著，俗稱星媽，妳太保守，又要上班，我就來代替妳做星媽吧！」

小娟立即舉手說：「媽！妳不行啦，有許多應對，還沒有我拿手，而且沒有麻將搓，那多掃興，還是我來當表妹的秘書（想了想，夢般），那個時候，我可以認識很多演員啦、導演啦、製片啦，那多拉風！」

冬梅看了看大家說：「我看，還是吃豬腳麵線吧！」
永娟：「對！對！張媽！上豬腳麵線，接財神！」
眾人一笑。

（二）

醫院院長辦公室。
吳力正在看什麼。
電話鈴響，吳力接聽：「喂！喂！（稍停）請說話。」對方掛了電話，吳力輕輕說了三個字「神經病！」
不意電話鈴又起，吳力再度接聽：「喂！我是吳力，你是哪位？」
是崔英打來的：「是我啦！」
吳力一聽不滿說：「妳總是人不做，做鬼！」
對方立即反唇說：「噯！你是大院長，是有身分地位的人，怎麼一開口就罵人？！」
「問妳自己，為什麼電話通了，又不講話？」
「吳院長！我，我一時不知說什麼？」
吳力口氣冷冷問說：「有事嗎？」
崔英：「今天晚上，我想來你家看你。」

吳力：「有事到辦公室來吧。」

崔英：「不嘛，人家有事求你。」

吳力頓了一下，冷說：「今天晚上我不一定在家。」

崔英還是不死心：「沒有關係，你不在家，我會在門口痴痴等你。」

崔英掛了電話。

吳力愣了半天，放下聽筒，他靠在高背椅上，點菸吸著：「也好，做個了斷吧！」

他滅了菸蒂，堅定的提了皮包走出。

這天晚上，崔英真的來到吳力家，崔英坐在那邊，吳力站一邊，兩人無語。

崔英左看右看說：「你家佈置還行，就是缺少一點溫暖感，大概是缺少一位家庭主婦吧！」

吳力冷笑了一下：「妳電話說，有事求我？」

崔英忸怩說：「怎麼說呢?最近我認識一個人。」

吳力等她說下去。

「一個事業有基礎的男人。」崔英說著。

吳力：「那好，恭禧妳了。」

「他對我很關心，很體貼。」

「那不是妳正需要的嗎？」

「昨天夜裡在公園裡，向我求婚，說起來好笑，他還跪了一條腿，行了洋禮。」

吳力一聽，笑了笑說：「外國人？！」

「一個僑胞。」

「崔英！那不是搶到金礦了？！」

「可不是，吳院長！吳力！吳哥！你不吃醋？」

「這是好事，我替妳高興。」

「但是我還是防著你。」崔英詭譎一笑說。

吳力一怔：「防著我？！」

「對啊！萬一你醋缸子打翻了，把我以前交給你的信公佈，那不是把我害慘了。」

吳力這才了解：「噢！妳是來要回妳以前的信？」

崔英點點頭。

「妳怎麼不早說，我差點當垃圾丟了。」

崔英不滿，看了他一眼。

「妳坐一下，我去拿。」吳力入房。

崔英兩手掩臉，狀似痛苦。

吳力提了一大袋子出來：「五百八十封，一封不少。」

崔英接過信，抱在胸前，閉目，再向袋內看了看，取出一封，臉色大變：「什麼？大部分都沒有拆看。」

「我事情太忙，沒有功夫看信。」

「你，你，吳力！你真狠！」崔英又氣又難過。

「抱歉，現在不必說這些了。」

崔英一聽，有哭的衝動，哽咽地說：「說的也是，現在不必說這些了，讓我們來個告別洋禮吧！從此你走你的陽光道，我過我的獨木橋，誰也不會惹誰了。」

吳力微笑說：「交了僑胞朋友，也洋起來了？」

崔英站起作擁抱狀。

吳力猶豫了一下，向前走。

崔英閉目，盼吳力吻她。

吳力僅應付她，輕輕抱了一下。

出乎意外，崔英態度大變，歇斯底里來，緊抱吳力不放，叫著：「吳哥！吳哥！我愛你！我愛你！」

吳力連忙推開崔英說道：「妳瘋了？！」

「是的，我是瘋了，前天我看到你抱著江冬梅，我就瘋了，你這個沒良心的東西！」

崔英從衣服內拿出一把水果刀。

吳力怕的後退：「妳要幹什麼？」

崔英怒目說著：「這許多年，我熱臉去貼你冷屁股，妳不但不理我，還到處說我是神經病，人家對你若至若離，你就當寶貝，我告訴你，今天我們同歸於盡，你休想得到江冬梅！」

崔英用刀刺吳力，吳力躲。

「崔英！崔英！妳聽我說，理智一點，感情的事，是勉強不來的。」

「我不缺不麻，哪一點不好，哪一點不配作院長夫人？」崔英還是拿刀揮舞著。

「妳不是說已認識一個僑胞，他已向妳求婚？！」

崔英答：「我沒有答應他，我愛的是你，真的，我就是離不開你。」

「天下男人多的是，妳為何纏住我不放？」

「我也不知道，大概是前世我欠你的。」

吳力還是一邊躲，一邊規勸：「以前我一度也考慮過，可是妳氣量小，脾氣大，喜歡惹事生非，這次呂照亮事件，明明是呂照亮不對，還慫恿他的愛人出面申冤，妳啊！妳啊！妳是沖著江冬梅來的是不是？」

崔英咬牙切齒，一刀刺過去，

吳力及時躲開，

「不，是你，原先我也同情江冬梅，是你熱心幫助她，我看不過去，我要叫她殺人償命，我要叫你年年去送牢飯！」

「妳，妳這個女人太狠了，把刀放下，不然我報警了。」

「妳打電話？打啊！明天報社頭版頭條新聞。」

吳力面對這個醋勁十足的女人，勸導無用，只好奮力衝過去奪刀。

崔英奮力掙扎，她跳開，用刀指自己，威脅著：「你不要過來，你再過來，我就死在你家裏。」

吳力怔住：「潑婦！妳這個潑婦！」

崔英彷彿真的要自殺。

吳力去奪刀，一不小心，刀口刮到吳力左臂，血流如注。

吳力用手捂住傷口。

崔英這才擲刀，想來幫忙止血：「吳哥！對不起，吳哥！」

吳力怒目吼著：「妳滾吧！帶妳的東西，滾！滾！」

崔英望了吳力久久，把信件往上空一丟，信件四散。

崔英恐怖似笑似哭吼著：「哈哈……哈哈……」

吳力白衣染上一片血紅。

（三）

冬梅住家，冬梅在樹下剝著豆子。

阿美帶了禮物進來：「冬梅姐！這是土產，妳嚐嚐看。」

「唷，來就來，下次可不准帶東西，坐！」

阿美坐下，看了看四週，問說：「莫愁呢？」

「在家閉門思過。」冬梅說。

「上次那件事，實在怪不了她。」阿美替莫愁講話。

冬梅搖搖頭說：「應該怪自己不小心，這個社會到處都是坑洞，一個女孩子，不謹言慎行，害了自己也害了別人，所以我叫她在家讀讀修身養性的書。」

「拍電影的事呢？」

「不急吧！是妳的跑不掉，一切隨緣，而且我交給劇團去處理，我一個婦道人家，實在管不了那麼多。」

這時曹製片及胡家華帶了大批禮物進來。

阿美一看笑著說：「說到曹操，曹操到了。」

曹製片擰了禮品笑著說：「伯母啊！這個地方可不好找。」

胡家華望了望四週，笑著說：「但風景秀麗，所以地靈人傑。」

曹製片：「這點小禮物，不成敬意。」

冬梅早就站起讓位：「我看你們影劇界盯的本事，倒是令人敬佩，請坐！」然後又介紹阿美：「這是王鄉長夫人。」

「久仰！久仰！」曹製片說。

胡家華四望：「莫愁小姐呢？不在家？！」

阿美：「她媽叫她閉門思過，不見客。」

曹製片與胡家華意外，面面相視。

曹製片：「這……」

阿美歉然一笑說：「當然別的客人可以不見，你們是貴客又是遠客，那就不能一概而論了。（叫）莫愁，有客人來了。」

莫愁在室內聲音傳來：「噢！來了。」

莫愁穿了家服，長髮在腦後隨便扎了一下，未施脂粉出來，見是製片及胡導，連忙回頭。

曹製片笑著說：「幹嘛？怎麼又回去呢？」

莫愁雙手掩臉說：「我還沒有化妝，難看死了。」

家華站了起來笑著說：「我覺得這才是你的廬山真面目，天生麗質，美啊！」

曹製片也站起來說：「你們聽說上海一個笑話嗎？想看上海美女，要在早上倒馬桶的時候。」

冬梅也笑著說：「胡說八道。」

胡家華癡癡看著莫愁：「莫愁小姐，我很欣賞你現在的樣兒，像是湖中一朵白蓮，清新脫俗，白璧無瑕。」

阿美微笑說：「做導演的就是會說話，會把死人說活。」

「莫愁！既然他們不見怪，妳就坐吧！」冬梅說。

莫愁坐下，但不好意思地低下頭。

冬梅想起有事，走入內室。

曹製片定睛看莫愁說：「莫愁小姐！妳害了胡導演了。」

莫愁訝異不解：「我害了胡導演？」

「可不是，妳不簽約合同，她夜裡睡不著啊！妳看人都瘦了一圈了。」

冬梅端茶出來，一人一杯。

阿美笑了笑說：「莫愁！他們在用苦肉計了。」

導演招呼冬梅：「伯母！妳也坐。」

冬梅坐下，不時理莫愁散髮。

曹製片繼續說：「伯母！經過這兩天，咱們一再商量，下部片女主角非莫愁小姐莫屬，這是劇本，這是合同草約，請莫愁小姐過目。」

莫愁看著合同草約。

冬梅說：「我說過，這樁事，我已交給越劇團全權處理。」

「沒錯，沒錯，妳一句話就是一道聖旨，小侄們能不遵從嗎？剛才咱們是從劇團來的。」曹製片說。

冬梅：「哦？！他們同意了？」

胡導道：「完全同意，人也真怪，妳這麼尊重他們，他們反而覺得負擔太重，要我們來徵求妳們二位的意見。」

冬梅拿起劇本瞄了一眼。

「莫愁！妳看吧」冬梅說。

原則們同意好嗎？至於細節等我們看到劇本和草約，再說好不好？」

「媽！妳決定吧！」

冬梅看了他們一眼說：「你們兩位這麼看得起莫愁，著實令人感動，

曹製片：「行！兩天以後我們來聽消息。」

冬梅：「不，還是到你們公司去看了，再決定吧！」

曹製片眉開眼笑說：「也好，也好，咱們非常歡迎。」

胡家華一直看著莫愁。

莫愁也含情脈脈望著家華。

曹製片站起，拍拍家華肩：「胡導！咱們好走了。」

胡家華這才如夢初醒：「哦！哦。」他連忙站起，因太急，差點摔倒。

莫愁嫣然一笑。

他們點頭哈腰與進來的素素撞個正著。

家華連忙致歉：「對不起，對不起。」

素素一笑。

曹製片與胡導走出。

素素望莫愁：「莫愁！你看那個胡導演，那個胡導演……」

莫愁害羞地入內了。

眾人一笑。

阿美：「我走了。」

冬梅：「吃過飯再走吧！」
阿美：「不了。」
冬梅送她到院子口，阿美突然想起什麼事，拍額：「妳看，妳看，我這個腦袋，我是有事要告訴妳才來的，想不到曹製片胡導演一攪和給忘了。」
冬梅怔住：「有事？！」
阿美這才站住凝重地說：「吳力，吳院長受傷，在家裡休養。」
冬梅一怔：「為什麼？」
阿美：「為了妳，被崔英那個變態的女人刺傷了。」
冬梅意外：「啊！」
「去看看他吧！都是多年老朋友了，下午我也會去，我在那邊等妳！」
冬梅怔了半天，才含淚點頭。

（四）

冬梅刻不容緩，就去了吳力住所，探視究竟。
阿美開了門，冬梅提了奶粉、水果進來。
阿美低聲招呼：「吳院長在房內休養，好像有點發燒，妳去吧，我走了。」

冬梅拉住阿美。
阿美拍拍冬梅肩，微笑走出。
吳力手臂包了紗布，看見冬梅想坐起。
冬梅放下奶粉，連忙去扶他，讓他靠在床頭。
「我給妳沖杯茶。」吳力說。
「你不要動，我自己來。」冬梅說。
冬梅倒了一杯水，坐得遠遠地望他。
兩人都無語。
「阿美告訴我，我才知道，怎麼會發生這種事？」冬梅說。
「她來家裏見我，說是最近認識一個僑胞，談到婚嫁，她想要回她給我的信，我還信以為真，想不到全是謊言，後來我指責她，不該幫呂照亮的妻子，為虎作倀，她指責我，妳被推倒時，我去扶妳，說著說著她要拿刀自殺，我去奪刀……」
冬梅走前檢視傷口。
「傷得很重嗎？」冬梅關心問著。
「當時流了很多血，我自己包扎。」
「應該打一針消炎針，我替你打一針吧。」
「也好。」
吳力拉開抽屜，取出針筒藥水。

冬梅替他在手臂上打了一針。

「說起來，我應該感謝她。」吳力一本正經說。

「你還感謝她。」冬梅不解。

「不是我受傷，妳不會踏進我房間一步，不會距離這麼近。」

冬梅笑得很尷尬：「你真傻的可以。」

他們又沉默，兩人互望一眼，又低下頭。

「我好像有點頭暈。」

「大概是流血太多了，我替你按一下吧！」

冬梅坐在床沿，替吳力按額。

吳力輕輕感嘆：「此時此刻，是我一生最幸福的時刻了。」

冬梅驚覺想退。

吳力已抓住她的手，情深地叫了一聲：「冬梅！」

冬梅哽咽：「對了，這次你們幫了大忙，我還沒有謝謝你呢？」

「冬梅！我們相識多久了？」

「幾十年了吧。」冬梅低下頭。

吳力回憶著：「記得那個時候，我們都是學生，我們去郊遊，第一次見面，我就被妳的風韻所迷了。」

冬梅含淚望他。

「後來蔣永正比我幸運得到妳，我曾經痛苦好一陣子。」

冬梅：「學長！過去的事，不要提了。」

吳力：「本來我心靈的創傷已經痊癒，想不到十三年後，妳又出現在我眼前，這十三年來，我無時無刻不念著妳，以妳的樂為樂，以妳的憂為憂。」

冬梅聽了這些話，感動落淚：「學長！不，請不要再說了。」

冬梅抽出手，站起，背對吳力。

吳力接著說：「冬梅！如今兒女都長大了，妳還有什麼顧慮，我已經等得夠久了，也該為自己幸福著想，妳是人，妳也有七情六慾，何必一個勁克制，難道妳想立貞節牌坊嗎？妳看這塊手絹，是妳以前送給我的，幾十年來，我一直壓在枕頭底下。」

冬梅轉身注視手帕，流淚滿面，感動了：「人非草木，孰能無情，不錯，你是人，我也是人……」

冬梅呆呆望吳力，突然她衝動撲過去，兩人熱烈擁抱，吳力吻冬梅額、鼻、眼，終緊緊吻住嘴唇，兩人在床上打滾，吳力已失去理智，去脫冬梅衣。

冬梅只剩內衣，大叫：「不，不，不可以！」

冬梅突然清醒過來，她趕忙下床，攏了攏頭髮，匆忙穿了衣服，提起皮包，奪門而出了。

吳力傻住了，猛打自己一個耳光說：「冬梅！對不起！」

冬梅拉緊房門，靠在房門上喘氣，然後雙手掩臉，羞於見人，奔了出去。

吳力追出，望著冬梅背影消失。

冬梅一個勁跑著，經過田野，看了看，前後無人，旋靠在樹杆上，畏縮地坐了下去。

旭東、莫依回家，見母親睡在床上訝異。

旭東走近關心問說：「媽！不舒服？！」

「有一點。」冬梅輕聲回說：「你們自己隨便吃一點吧。」

旭東摸母親額：「好像沒有發燒。」

「我是感覺累，沒有什麼病。」冬梅說著。

莫依洗米煮飯。

素素端來兩碗菜：「蔣媽媽，我把菜送來了。」

「謝謝妳，素素！」冬梅說。

旭東向素素暗示走出。

冬梅翻身入內躺著。

莫依輕聲自言自語：「媽今天怎麼啦，好像不大高興。」

素素與旭東在院子說著：「你媽一回來，我就發現她臉色不對，她說要歇一會，問我家裡有什麼菜沒有？」

「我媽下午出去了?!」

素素點頭。

素素:「以前你媽出去，都跟我招呼，去什麼地方，辦什麼事，這次沒有，好像有什麼心事。」

莫依亦出來。

旭東問莫依:「媽下午去哪裡呢?」

莫依搖頭:「哥!媽沒有燒飯，還是第一回，好奇怪。」

旭東:「其實媽辛苦一輩子，也該享享福了，以後我們輪流燒飯。」

「可是我們要上班，回來肚子已經敲警鐘，再燒飯弄菜，等到什麼時候吃?!」

旭東:「話不能這麼說，我們是有媽，若是媽不在，還不是自己動手。」

素素提建議:「要不要請吳力院長，吳伯伯來陪她聊天解解悶?」

莫依立即贊成:「好，明天是禮拜天，我們請吳伯伯來。」

素素:「我們把飯菜燒好，一個個藉故開溜，讓他們兩個人好好聊聊。」

旭東:「好，就這樣辦。」

冬梅家，冬梅坐在那邊，看女兒、兒子及素素忙進忙出。

旭東端上一碗肉。

莫依端上一盤魚。

素素拿來酒、酒杯。
旭東笑著說：「媽！我們決定今天讓妳享享清福。」
冬梅：「好呀！妳們是應該偶然燒燒菜，做些家事，免得將來一成家，什麼事都不會做。」
莫依：「媽！妳看這些菜，燒得還可以嗎？」
冬梅望了一眼嘉許：「嗯，色香味俱全，不錯。」
旭東：「當然，強將手下無弱兵。」
素素說實話：「蔣媽！我老實招吧，有些菜是阿美阿姨燒好了以後端過來的。」
冬梅意外：「阿美來了?!人呢？」
素素：「她說家裡有事，回去了。」
冬梅起疑：「你們這些孩子，葫蘆裡究竟賣了什麼藥？」
莫依向其他人眨眼說：「等會妳就知道了。」
冬梅故裝生氣：「好，妳們不告訴我，我就再躺回床上去。」
她真的上床，薄被蓋了頭。
這時吳力攜帶水果進來。
素素作不聲狀。
吳力會意，他穿了外套，不見傷處，輕輕走入落坐。
孩子一個個退出。

屋子裡冬梅躺著。

吳力坐著。

冬梅感覺屋子好靜，坐起一看是吳力。

吳力坐在那邊，面露微笑。

冬梅不信自己眼睛，定睛看著搖頭。

吳力終於開口了：「旭東來找我，說妳病了，心情不好，要我來聊聊天。」

冬梅：「這些孩子！這些孩子！」

吳力：「真的病了?!」

冬梅這才下床。一邊疊被說：「也不是什麼病，昨天下午回來，沒有弄晚飯，孩子們以為我病了。」

吳力：「吃點水果吧。」

吳力剝個橘子遞過去。

冬梅吃著：「他們弄了這麼多菜，不讓我動手，神秘兮兮地。」

吳力：「孩子大了，他們已懂得大人的內心世界，妳應該感到高興。」

冬梅望了望桌：「快中午了，也該吃飯了。」

冬梅向門口走去，叫著：「旭東！莫依！快來吃飯了。」

半晌無應。

吳力：「孩子的心意，妳該理解了。」

冬梅：「好，不管他們了，我們吃。」

冬梅嘴裡雖然說著，內心卻在掙扎，她拿起酒瓶說：「可以喝一點嗎？」

吳力：「希望一醉解千愁。」

冬梅也感應：「好，一醉解千愁。」

她拿著酒瓶斟酒，手發抖，酒溢在酒杯外面。

冬梅再自己斟一杯，又溢在外面。冬梅端起酒杯，豪爽地說：「乾！」

吳力真的乾了一杯。

冬梅看著酒，半天不喝，終放下酒杯，匍在桌面，嗚咽起來。

吳力站起，想過來安慰一下，手放在冬梅頭上，不敢撫摸。

「我看我還是走吧！」吳力說。

吳力拿起外套，走出。

冬梅淚流滿臉，抬起頭，有叫吳力的想法，但叫不出口。

吳力在門口停了一下，終走出。

冬梅如釋重負，擦了淚，然後呆呆望了望一桌菜餚。

旭東、莫依、素素進來。

旭東：「媽！吳伯伯怎麼走了？！」

莫依：「媽！一桌菜動都沒有動。」

素素：「是不是你們吵架了？！」

冬梅看了看他們，搖頭說：「孩子們，我感謝你們，但以後不要再做這些蠢事了，你們的孝心是媽最大的安慰。」

莫依投入母懷：「媽！」

（五）

蘇繡廠，眾女工作著。

檢驗員小余拿著幾條繡品，走向莫依。

小余：「莫依，妳成品有點瑕疵，需加以修補。」

莫依翹著嘴唇：「全是我的？！」

小余：「不，還有阿嬌、阿英，也沒有通過檢驗。」

莫愁看自己退回作品：「其實這點瑕疵，又有什麼關係？不注意還看不出來。」

小余：「老闆一再叫要加強品管，我們也是沒有辦法。」

莫愁：「好吧，反正上方寶劍在你手裡，你高興砍誰就砍誰。」

「莫依！這妳就冤枉人了，妳有很多繡品，都是在可收可退之間，我都通融過關了，這件實在沒有辦法蒙混過關，才退回要妳修改。」小余解釋著。

莫愁：「是，謝謝大檢驗員。」

小余一向喜歡莫依，這對她輕聲說：「莫依，今天晚上有空嗎？」

「幹什麼?」莫依問說。

小余:「我們來個花前月下。」

莫依向阿嬌望了望:「小心,有人心裡不舒服了。」

小余又小聲說:「她不是我愛人,管得著?」

莫依笑笑。

小余知趣走開。

阿嬌一臉霜工作著。

小余走到阿嬌面前。

「阿嬌!阿嬌!」小余叫著。

「叫魂了?!」阿嬌一臉不快。

「吃了炸藥了,火氣這麼大?!」

「問你自己。」阿嬌損他一眼。

「我又哪裡做錯了?」小余問著。

阿嬌學樣說著:「莫依!今晚有空嗎?你以為我沒有聽到?」

「嘻嘻,我是開玩笑的。」

「開玩笑也有個分寸,平時你們眉來眼去,你以為我是瞎子。」

「A,A,阿嬌!你是我的什麼人?管我管得這麼嚴?!」

「大家都說我們是一對!」

眾女工聽了笑了。

小余：「黨的配對？！」

「當然不是。」

「怪事年年有，沒有今年多，我自己都不知道我們是一對，你卻先認定了，喏！這個成品沒有過關，需要修補！」

小余丟下成品走出。

阿嬌與鄰近女工輕說：「哼！路都走不穩，還想搶人家男朋友真不要臉。」

莫依耳聞，臉色大變，她向阿嬌走去，走去……。

阿嬌怕的防備。

其他女工觀望。

等莫依將近阿嬌，小余突然進來擋住莫依。

小余規勸：「莫依！算了，不要跟她一般見識。」

莫依怒目望了阿嬌一會，才走回自己座位。

冬梅院子，莫依一人托腮在小圓桌旁沉思。

旭東出來叫著：「莫依！吃飯了。」

莫依不理。

旭東怔了一下：「怎麼啦？小姑娘，有心事？！」

「我不餓。」莫依答。

「不餓也要吃一點。」

「哥！你煩不煩？！」莫依突然輕泣起來。

這時冬梅走出。

「媽！妹妹哭了。」

冬梅怔了一下，對旭東說：「噢！你先去吃。」

旭東入內。

莫依抽泣不止。

冬梅過去攬住莫依頭說：「莫依！怎麼啦？是不是在廠裡受了委屈了？」

「媽！我不想蘇繡了。」

「不想學蘇繡，那妳想學什麼？」

「我。」一時語塞：「我……媽一定說我對什麼事都沒有恆心。」

「不是媽說妳，而是事實，妳想想看，妳換來換去，換了多少工作了？高不成低不就，最後總算對蘇繡還有興趣，也做出一點成績，現在又說不學了，講得過去嗎？」

莫依哭叫，敲著腿：「我的腿，我恨我的腿。」

冬梅一怔：「是有人譏笑妳了是吧！讓她們去說吧！人哪有十全十美的，妳看妳長得多秀氣，這十里方圓，有哪位姑娘比得上妳？」

莫依仍哭著：「可是我是個跛子，她們笑我連走路都走不穩，我恨……

我恨……」

莫依猛敲腿。

冬梅也含淚說：「孩子！要恨就恨媽吧，是媽沒照顧好，是媽沒照顧好。」

莫依擁抱母親，哭說：「媽！啊……」

「妳小的時候，吳伯伯跟妳說的故事，妳忘了？那個美國女人海倫凱勒，生下來就是又聾又啞，眼睛也瞎，可是後來憑著她的毅力和恆心，成為美國著名的教育學家和演說家，只要自己殘而不廢，就沒有人瞧不起妳。」

莫依低頭無語，少頃才說：「媽！哥哥、姊姊都出人頭地了，只有我是個廢物。」

冬梅又勸著：「旭陽考上大學，妳沒有看他在廟裡廢寢忘餐，用錘子刺自己大腿，這是用功的代價，至於莫愁，就不用說了，差點連我也賠進去了，一切操之在我，一個人最大的敵人，不是別人，而是自己，妳自己不發奮努力，整日怨天尤人，那是沒有用的，孩子！妳們兄弟姊妹四個人，我最有愧的是妳，最疼愛的也是妳，以往我都不忍心罵妳，但是今天媽不得不教訓妳，妳要不畏任何痛苦，任何打擊，勇往直前，做一個殘而不廢的人啊！」

莫依有所感，抬頭望母。

冬梅：「以後不准再提換工作的事，我早說過，行行出狀元，只要妳耐心去學習，精心去鑽研，不怕不成為這一行裡的頂尖師傅。」

莫依：「媽！我能嗎？！」

「為什麼不能？只要功夫精，鐵桿磨成針！」

莫依站起，挺了挺胸。

冬梅院子，公雞鳴，晨五時不到，莫依已在院子樹下，練單腿功，她一頭是汗，仍咬著牙練著，冬梅披衣出，見莫依練功，欣慰。

蘇繡廠，下班鈴聲響著。

眾女工忙收拾東西下班。

莫依等她們走出，才去觀看她們未完工的作品，一一品賞，檢驗師小余進來：「莫依！妳沒有下班？！」

「馬上走，噯，小余，你請坐，我有話問你。」莫依說。

小余喜形於色：「妳答應我請妳吃晚飯了？！」

「這件事不急，我遲早會陪你去吃一頓晚飯。」

「那妳有什麼差遣，盡管吩咐。」小余說。

「吩咐不敢當，你只老實回答我。」

「好！」小余點頭。

莫依考慮俄頃說：「我刺繡的成品，在我們廠裡能不能排上名次？」

「妳要我說真話還是假話？」

「當然是真話。」

「那我告訴妳，妳的作品只能算是勉強合用，與排上名次還差一大截，對不起，妳叫我實話實說。」

莫愁：「我們廠裡十位師傅，哪位作品最好？」

小余答：「當然是馬永貞，馬師傅在本廠工作最久，資格最深，熟能生巧，巧中創新，她的作品一針一線均能巧到好處，幾乎到了增一針則多，減一針則少的地步。」

「所以她的作品常常被文化部購買贈送給外國貴賓。」

小余：「莫依！妳問這個幹什麼？」

「小余，能不能幫個忙？」

「妳說說看，我能辦到一定遵辦。」

莫依說：「能不能借件馬師傅的作品看看？」

小余急地說：「不行，不行，本廠的產品是不能攜帶出去的！」

「那這樣吧，我在這裡看，看完，我們一起去吃晚飯。」莫依說。

「好，這還差不多，妳等等，我去拿。」

小余匆出。

莫依又研究其他女工作品。

小余拿來馬師傅作品，攤開，莫依細細看著，讚嘆不止。

冬梅家，飯菜已上桌面。

旭東坐在那邊看什麼雜誌。

冬梅走到門口望了望，又看看新買的掛鐘，已指七時了。

「這丫頭！從來沒有這麼遲回來過，冬梅自言自語。」

旭東說：「莫依最近有心事。」

「昨天晚上我和她談過，姑娘家心事多，對她來講，已經是不容易了，旭東！你肚子餓，就先吃吧，我去她廠裡看看，是不是還在加班？」

旭東丟開雜誌，添飯吃。

冬梅拿了外套走出。

蘇繡廠，小余與莫依還在研究作品。

冬梅在窗外探望，聽見小余指著莫依作品說：「妳自己看看，妳剛才繡出來的，不是工藝品，而是接近藝術品了。」

莫依看了看：「嗯，是不太一樣。」

小余：「怎麼樣？我這個老師還可以吧？」

「經過你一番指點，我好像有點進步了。」

小余：「何止一點點，是大有進步，莫依，以後妳要多跟馬師傅學習，把她的技術統統偷過來。」

莫依這才看手錶：「哦，七點多了。」

小余：「跟妳在一起，忘記時間，忘記肚子餓。」

莫依：「小余！這頓飯應該由我來請，好嗎？」

冬梅在窗外接了腔：「不，應該由我來請！」

莫依、小余吃驚對望。

冬梅一臉笑容進來。

莫依驚喜迎上：「媽！妳怎麼來了？！」

「我來看看妳是不是加班？」

「媽！我來介紹，這是本廠檢驗師傅小余，他指點我很多，受益非淺。」

小余招呼：「伯母！」

冬梅拉著莫依說：「走，今天由媽做個小東，我請妳這位余師傅。」

莫依去拉小余：「走吧！我媽是鐵母雞，很少在外面吃飯，不吃白不吃。」

小余連忙答：「好，好，讓我把東西放好，伯母！妳坐一會。」

小余把東西拿走。

冬梅看女兒：「莫依！媽好高興。」

莫依：「都是媽昨天晚上一番話，點醒了我。」

冬梅嘉許摸摸莫依秀髮。

（六八）

錢家客廳。

錢夫人在客廳整理花瓶內插花。

錢董提了皮包進來。

錢夫人接過皮包，問說：「回來了，吃過飯沒有？」

錢董四望：「吃過了，我們寶貝女兒呢？」

錢夫人：「沒有回來，她來了電話，說是有個同學開生日派對她要找旭陽做舞伴去玩了。」

「一天到晚只知道玩樂。」錢董心中不滿。

「女孩子嘛，隨她吧。只要不學壞就算不錯了。」錢夫人說著。

正說著，錢芳一臉不快進來。

「咦！錢芳！妳不是說同學開生日派對嗎？」錢母意外。

錢芳冷回答：「不去了。」

「為什麼？」母親又問了一句。

錢芳有點火：「媽！妳煩不煩？！」

錢芳說完就哭著衝上樓。

「這孩子怎麼？」錢夫人說。

不久，樓上傳來摔茶杯等物聲。

錢董與妻訝異望樓上。

「要拆房子了？妳上去看看吧！」錢董對妻說。

「我才不去自討沒趣，剛才你看見了，我問了一句為什麼？她像吃了炸藥一樣，對我吼。」

「好，好，我們一起上去，誰叫她是我們的獨生女兒呢！」

錢董伸手去拉妻。

妻懶洋洋站起，一同上樓。

「唉！女大不中留，留了要發愁。」錢董感嘆著。

二樓錢芳臥房，佈置雅致。

錢芳扒在床上哭著。

敲門聲傳來。

錢芳抬頭望了望，一臉是淚水。

錢董夫婦推門進來。

錢董要夫人去問。

錢芳知是父母來了，哭得更兇。

錢芳邊哭邊敲床：「我不要活了，我不要活了！」

錢夫人坐在床沿，慈祥地問說：「芳兒，發生什麼事了？」

錢芳：「我不再管他了，他去死吧！」

錢夫人望丈夫一眼：「沒頭沒腦的，妳說什麼呀？」

錢芳還是邊哭邊說：「我好心邀他去跳舞，他卻掃我的興，給我難堪，使我在同學面前下不了台，不知好歹的東西，我恨他！我恨他！啊……」

「妳說了半天，是在說誰啊？是不是羅小軍？！」

錢芳邊哭邊敲床：「你們明明知道，你們明明知道，蔣旭陽！我打死你！打死你！」

錢董這才插嘴說：「原來是這小子，真是太不像話了，我女兒天生麗質，追求的人，可以編一個連隊，他是什麼東西？一個窮酸的學生，好了，以後不理他就是了。」

錢芳抬頭望父：「可，可是我喜歡他。」

「天下男人多得是，明天我給你介紹一個留法的青年，知道嗎？法國人最懂得浪漫，妳叫往東，他不敢往西。」

錢芳說：「這種沒骨氣的男人，我也不喜歡。」

錢董：「這就難了，那怎麼辦呢？」

錢芳用力擦淚：「我要給他一個教訓！」

錢董：「這好辦，我花點錢，找人把他胳膊卸下來，看他神氣不神氣？！」

錢芳坐起望父：「爸！妳說的是氣話吧？」

錢董故裝慎重地說：「誰欺侮我的寶貝女兒，我就給他好看！」

錢芳看出父親是在開玩笑，破涕為笑，撲向父懷。

錢芳：「爸！你好壞！你好壞！」

父母一笑。

錢董替她擦淚說：「芳兒，我問妳，妳老實回答我。」

錢芳點點頭。

錢董：「妳嘴裡口口聲聲說恨蔣旭陽，其實心裡是愛他的，對不對？！」

錢芳點頭：「他上進，我氣他又愛他。」

錢董：「好，我知道了，妳說要給他一個教訓是吧！明天叫他到我辦公室來一趟，我要當面教訓他，這小子對我女兒難堪，就是對我難堪！」

錢芳有點擔心：「爸，你不能叫人打他呀？」

錢董：「不打他死去活來，也要教他皮破血流！」

錢芳知道是戲言，也撒嬌笑說：「爸！」

父母大樂。

錢董辦公室。

錢董坐大辦公桌，高背靠椅上。

旭陽簡單衣著進來。

旭陽：「錢伯伯！你找我？」

錢董手一揚：「請坐！」

旭陽落坐。

小姐端上茶。

錢董一直注視他一陣，才說：「你是復旦大學經濟系？」

旭陽點頭：「是的。」

「功課很忙吧？」

「還能應付。」

「昨天晚上你和錢芳鬧憋扭了？！」

「她邀我去跳舞，我剛好找了個校對工作，第一天上班，所以……」

錢董：「旭陽！你對錢芳有什麼看法？！」

旭陽笑笑回答：「她是你的女兒，還用別人來說？」

錢董：「就因為她是我的女兒，捧在手心裡的寶貝，太親近了，反而看不清楚了。」

旭陽笑著說：「聰明、美麗、熱情、可愛、貪玩。」

錢董一聽大笑：「哈哈……」

「我說的不對？！」

「不，一針見血，你喜歡她嗎？你愛她嗎？」

「人是感情動物，開始她遷就我，我以為她玩弄我，把我當猴子耍，我有些氣她，惱她，自卑而自尊，經過這些日子交往，我發現她對我是真誠的，我反而有些怕她，想遠離她。」旭陽實情實報。

錢董：「為什麼？」

「男女交往最終的目的是什麼？我怕耽誤她的青春。」

錢董看旭陽一眼說：「你既然喜歡她，愛她，為什麼不去改變她？」

旭陽搖了搖頭：「改變她？！江山易改本性難移。」

錢董站起來踱著步：「不，這句話不完全對，愛，愛能改變一切，有一句話不是說：「真誠所致，金石為開嗎！」

旭陽低下頭，有點認同錢董的觀點。

錢董又說：「錢芳能在那麼多追逐者中看上你，可見你們有緣份，而且你已經在影響她了，你知道嗎？世上有些是很難理解，就像一物剋一物，她命中和你有良性相剋，今後在父母都無法相勸之事，恐怕要借重你了。哈哈……」

旭陽看了錢董一眼無語。

錢董另找話題：「你是學經濟的，我問你一個問題。」

旭陽：「我？！我只學到一點皮毛。」

錢董：「沒有關係，就你所知道的說好了，目前國家實施改革開放政策，市場經濟已經活耀起來了，以你看，應該注意那些事情？」

旭陽考慮俄頃說：「以我粗淺的看法，先求溫飽，再求富有，打破大鍋飯觀念，破除依賴惰性，打拼者有出路，懶惰者靠一邊，能者出頭，弱肉強食！」

錢董極力訝異，鼓起掌來：「好，說得好，太出乎我意外了！」

錢董緊握旭陽手說：「到我公司來半工半讀吧，我們公司需要你這種觀念的青年。」

「我恐怕時間不允許。」

「不必每天來，你可以做我的特別助理，抽得出時間，就來看看，我需要這種往前衝的精神。」

「讓我考慮考慮吧！」旭陽說。

錢董熱烈握旭陽手。

冬梅院子，冬梅在圓桌上剝菜葉。

旭陽站一邊。

冬梅望旭陽一眼說：「旭陽！你自己的意思呢？」

「去有去的好處，也有去的壞處。」旭陽深思熟慮回答。

「怎麼說？！」

「去，每個月有固定收入，不必再去其他地方打工，對家計有幫助，但是反過來說，錢董事長越看重我，我則越陷越深，萬一我跟千金小姐處不好，那不是進退兩難！」

「旭陽！你要問自己是不是真愛錢芳？」

旭陽一時答不出來。

冬梅定定看了旭陽說：「由我看錢芳這孩子，本質不壞，就是有點千金小姐脾氣，只要你能駕馭她，交她這個朋友也不錯。」

旭陽無語。

「反正你是半工半讀，去試試也無妨，難得董事長看中你，但是在那邊要有分寸，以做學徒的精神去學習，千萬不要得罪任何人。」

旭陽終於點頭：「好吧，我聽媽的。」

(七)

旭東、莫依，個人做個人的事。

冬梅作家事，不時停停做做，似在想什麼。

素素進來，冬梅亦未發覺。

素素與旭東耳語。

素素走到冬梅身邊，用手在冬梅眼前幌了幌，冬梅這才發覺：「哦，是素素？！」

「蔣媽媽！妳在想心事？」素素問說。

「嗯，我是在想上次莫愁那件事，那個呂照亮的妻子。」

「媽！妳想她幹什麼？那個壞蛋死有餘辜。」旭東說。

「但是他的妻子、兒女是無辜的，我，我想去看看她。」冬梅說。

「媽！你省省吧，他們這麼待妳，妳還關心她。」莫依說著。

「得饒人處且饒人吧，今天天氣不錯，誰願意陪我去？」

旭東舉手：「我。」

素素：「我爸不在家，我也去。」

「妳們去可以，那個瘋婆子可要小心。」莫依說。

旭東：「不要緊，我們人多勢眾，料她不敢怎樣？」

冬梅笑笑點頭。

村子路口。

冬梅一行提了禮物走來。

冬梅向村婦打聽什麼。

村婦指指點點。

呂家門前，呂妻正在打小孩屁股。

小孩哇天鬼叫。

呂妻氣的：「打死你，打死你，別的不學，偏學你爸的樣，說謊、欺騙，你爸的命都賠上了，你還要學他？我打你，打你！」

小孩痛哭，叫媽。

冬梅等一行看見這一幕，皺眉搖頭。

呂妻看見冬梅，愣在那邊。

冬梅戒備走進：「妳好嗎？」

「是妳？！沒有想到，沒有想到。」呂妻態度熱烈。這出於冬梅意外。

呂妻連忙端來一條長板凳，招呼著：「請坐！請坐！屋裡太亂，不請妳們進去坐了。」

冬梅擰了擰禮物：「沒有關係，這點小禮物，請妳收下。」

「不敢當，不敢當，妳已經對我照顧太多了，我不能再收妳的東西了。」

冬梅訝異：「妳 說什麼？」

呂妻說明：「江師傅，大概是您貴人多忘事，上個月，有一位阿姨，說是妳叫她來的，送來吃的、用的，我想起以前對妳那麼無禮，妳還這麼照顧我，我真是沒有臉再見妳！」

冬梅想了想，不做點破：「沒，沒事。」

旭東輕輕叫一聲：「媽！」

冬梅暗示他勿多言，等多了解再說。

呂妻又說：「那個阿姨，上一次說今天還會來，我想今天妳們來了，她就不會來了。」

冬梅心中狐疑：「噢！噢！」

這時汽車喇叭聲傳來。

呂妻又說：「上次那個阿姨，也是坐車子來的。」

冬梅連忙說：「我們到那邊看看，妳先接待她吧。」

「好，好，妳們請。」

冬梅一行向外小路走去。

少頃，汽車到了，警局鄭成明分局長妻子下車，後面跟了三個男子，提了東西。

「這些是江冬梅江師傅叫我送來的。」鄭妻說著。

呂妻接了禮物：「謝謝，謝謝，真不好意思。」

鄭妻：「妳們家有沒有什麼困難？」

「沒有，真的沒有。」呂妻說。

「有困難不必客氣。」

「是，是，江師傅自己也來了，還叫妳送東西來。」

鄭妻意外：「妳說什麼？」

呂妻說：「我是說，江冬梅江師傅，剛剛還在這兒。」

鄭妻四望：「是嗎？！」

這時冬梅一行走入。

鄭妻：「呃？！」

冬梅含淚感動地站在那邊。

警分局長鄭成明家客廳。

江冬梅握著鄭成明的手，感動邊說：「局長！我太意外了，太意外了。」

「請坐吧！」鄭成明招呼。

冬梅一行入座。

鄭成明說：「我是這樣想，呂照亮自己罪有應得，死有餘辜，但是她的妻子，是無辜的，而且後面有人搧風點火，我怕對妳不利，所以先借妳的名，去安撫她們，等適當時機，再告訴妳。」

冬梅：「原先，我心裡是有戒備的，深怕她報復我，想不到一見面熱情招待，我就覺得奇怪，事也巧，剛剛妳夫人今天又去，才拆穿這個謎底，局長！你為善不欲人知，我確實很感動。」

鄭分局長：「大嫂！說來說去，我還是受妳和永正大哥的感召，這許多年，我一直想報恩，可是苦無機遇，我想我這麼做，是個很好的辦法，一是消弭社會上冤冤相報的習情，二也是對妳報了恩，一舉兩得。」

鄭妻也說道：「大嫂，我們這麼做，妳不會見怪吧？！」

冬梅：「哪兒話，感謝都來不及。」

旭東：「鄭叔叔！阿姨！說真的，我和素素都好感動。」

鄭分局長：「大嫂，這是妳的媳婦？！」

素素低下頭。

「快了，我正在努力！」旭東笑說。

「好，好，到時候可別忘了，請我們喝喜酒。」

「那是一定的，那是一定的。」冬梅笑說。

鄭妻關心莫愁：「大嫂，莫愁拍電影的事，怎麼樣了？」

冬梅：「昨天莫愁來電，說是今天晚上正式簽約，要我做見證人，胡導演並且邀請我們全家去聚一下。」

鄭分局長：「大嫂啊！妳快苦出頭了，可喜！可賀！」

（八）

餐廳大套房。

莫愁、胡家華、冬梅、曹製片、閻老師等胸前佩有鮮花一束。

茶几上放了兩份紅綢金字的簽約合同。

曹製片首先發言：「各位嘉賓，今天是本公司新片"家和萬事興"女主角正式簽約，承蒙各位光臨見證，非常感謝，合約書已經雙方簽訂，也請監護人女主角蔣莫愁母親過目，以後拍戲就照這份合同進行。好！現在請女主角蔣莫愁小姐和導演胡家華先生在一式兩份合同上簽字。」

莫愁與家華坐下簽名。

攝影記者拍照。

眾人鼓掌。

曹製片：「現在請監護人及見證人簽名。」

冬梅、閻老師、曹製片坐下簽名。

曹製片：「簽約圓滿完成，謝謝各位。」

莫愁與胡家華及曹製片握手。

眾人鼓掌。

攝影記者請他（她）們一起合影拍照。

閃光燈一閃，大功完成。

曹製片：「請各位入席，請各位入席。」

老丁家，老丁坐在那邊喝酒，已有七分醉。

素素在洗碗，看了父親一眼，勸說：「爸爸，夠了，不要再喝了。」

老丁：「誰？誰說夠了？我，我問妳，這個家是誰當家？嗄？！」

素素：「當然是爸爸。」

「那不就對了，老子當家，老子不能喝酒，誰的規定？呃！」

老丁猛拍了一下桌子。

素素嚇一大跳。

老丁又斟酒，沒酒了，還倒了倒，然後把空酒瓶往頭後一扔。

素素：「爸！你真的喝醉了。」

老丁：「女兒！妳知道喝酒是什麼味道嗎？」

素素搖頭。

他又拿了一瓶喝著。

老丁：「飄飄如仙，好極了，哈哈……（突然）咦，隔壁蔣旭東他們母子去了上海是不？」

素素：「今天下午莫愁要和電影公司簽合同，他們是見證人。」

老丁：「你不是跟前跟後的嗎？有飯局就把妳甩了，哈哈。」

素素輕輕說：「酒鬼！」

老丁吃了一顆花生米，喝了酒，打了盹，酒態十足。

素素已洗好碗，在圍裙上擦手：「爸！時間不早了，我要睡了，你一個人喝吧。」

老丁：「好，喝，喝……」

素素進入自己房間。

冬梅家，深夜了，莫依在繪蘇繡圖，呵欠連天。

掛鐘敲打十下，莫依放了繪圖，伸了懶腰，入房就寢。

老丁家，老丁已喝醉，拿火柴點烟，因酒醉，手不穩，數次才點了烟，他搖搖幌幌走去小解，嘴裡哼著小調，打噎，他背對外面，走到一處小解，煙蒂隨手一丟。

剛好是堆柴的地方，煙蒂引燃了柴葉。

老丁走回床上一躺，打起鼾來。

柴堆慢慢引燃，發出濃煙起火。

素素睡眼慌忙走出，被嗆，她一看大叫，忙去推父：「爸！爸！不得了，起大火了，起大火了，啊！」
老丁被推醒，酒醒了一半，擦眼再看。
那一角已無可收拾，父女嗆得厲害，素素欲用桶水潑火，已無作用。
素素忙丟下水桶，拉父奔出。
濃煙已從冬梅家沖出。
素素急敲冬梅家木門。
素素狂叫：「莫依！莫依！起火了呀！快逃命啊！莫依，莫依（急）這怎麼辦？這怎麼辦？」
鑼聲急起。
拖拉機及小貨車繼續駛到，下來數位男子，忙著救火。
素素急哭：「爸！怎麼辦？肯定睡熟了，爸，怎麼辦？！」
老丁這時酒已醒，頭罩棉被，衝入冬梅家。
「爸！爸！小心一點啦！」
四處鑼聲響起。
消防車來了，王大有夫婦亦趕來了。
「怎麼會燒起來的？妳爸呢？」王大有急問。
「他進去救莫依了。」
王大有大叫：「老丁！老丁！」

大有正要衝進。

冬梅家已一片火海。

老丁揹著昏迷的莫依衝出，正待跨出大門，忽然一根木柱，打在老丁臉上。

老丁慘叫一聲，暈了過去。

莫依抱著父親遺照，躺在那邊。

正這時，王大有、阿美、素素衝進，扶起莫依退出。

幾名男子抬了老丁出來。

「老丁受傷了，快送醫院！」王大有喊著指揮。

眾人抬了老丁往前跑，送上救護車，素素跟上，救護車鳴警而去。

火已漸漸熄，他們正在搭救莫依。

冬梅、旭東、莫愁，衣著整齊進來，看見家園一片廢墟，不禁目怔口呆。

冬梅差點暈倒：「怎麼回事？怎麼回事？我的莫依呢？（狂叫）莫依！」

這邊王大有等人，才意識冬梅歸來，連忙迎上。

王大有：「妳們可回來了。」

「我媽不放心家，特別趕回來的。」

莫依衣著不整，頭髮散亂，臉上東一條，西一條黑煙，捧著父親遺照站在那邊。

冬梅連忙狂奔去擁著她：「莫依！」

旭東、莫愁也圍著莫依叫著：「妹妹！」

「媽！火突然燒起來了，我什麼都來不及，光搶了爸爸的遺照。」莫依驚魂甫定說著。

冬梅含淚說著：「好孩子！好孩子！家裡沒什麼值錢的東西，妳做得很對！」

阿美說明：「冬梅姐！好可怕！我們得到消息，就趕來了，還是來不及了。」

「老丁和素素呢？」冬梅看丁家也是一片廢墟問說。

莫依：「丁伯為了救我，受了傷，送醫院了。」

冬梅意外：「呃？！」冬梅再也支持不住，暈了過去。

莫愁及時扶住。

子女個個心急如焚。

阿美對王大有感慨地說：「一波剛平，一波又起，蔣家真是太不幸了。」

醫院病房。

老丁頭包紗布躺在那邊。

護士小姐在看打鹽水的吊瓶。

素素在一邊照顧父親。

冬梅、旭東、王大有夫婦等進來。

素素連忙迎上，哭叫著：「蔣媽媽！」

冬梅輕拍她肩：「聽說妳爸是救莫依受了傷，要緊嗎？」

「一根木柱打在他頭上，傷的不輕。」素素說。

冬梅走近病床，注視老丁：「老丁！老丁！」

老丁微睜眼輕聲說著：「對不起，對不起啊！」

「為什麼這麼說？是你救了莫依，我該感謝你啊？」

「這個火災，大概是我引起的，我，我喝醉了酒，可能菸蒂不小心，丟在柴堆裡，而……」

「現在說這些又有什麼用？！」

王大有說：「後來你冒著生命危險去救了莫依，也算功過兩抵了。」

老丁難過的：「慚愧！我真慚愧呀！」

冬梅：「老丁！你只顧養你的傷，素素暫時跟我們住，其他你就不用管了。」

「房子都燒了，你們住哪兒？」老丁說著。

王大有立即回答：「她們暫時住在俺家裡，你放心吧，嗳！」

老丁老淚流下。

素素替父擦淚。

一週後，醫生正在替老丁拆線，紗布一圈一圈拆開來。

冬梅和素素在一旁觀看。

老丁問大夫：「大夫！會有很大的疤吧？！」

醫生：「等拆完才知道。」

醫生繼續拆紗布，用鉗子鉗去最後一大片，覆在臉上的血紗布，再用酒精洗傷處，這才看清楚，額頭、眼角、面頰留下一條很長的傷疤。

「呃！」冬梅吸了一口冷氣。

老丁有些驚覺，吵著要鏡子：「鏡子！拿鏡子給我。」

醫生：「老丁！不要急，傷口會慢慢癒合的。」

老丁生氣了，大聲叫著：「我要鏡子！」

醫生向護士暗示。

護士找了一面小鏡子，交給老丁。

老丁一照，嚇得連忙丟掉鏡子，用被單蒙了臉，躺下說著：「這個鬼樣子，我怎麼見人？！」

素素撲上去哭了。

老丁大叫：「走開！妳們全走開！」

冬梅走近安慰：「老丁！這個傷口的確很大，咋一看是很嚇人，不過剛才醫生說了，傷口會慢慢癒合的。」

老丁：「他在騙三歲小孩！」

醫生、護士走出。

素素與冬梅淚眼相對。

冬梅頻頻搖頭感情地說：「老丁！你救了莫依，我們會供養你一生，你安心養傷吧！」

老丁還是失望透頂：「今後我怎麼見人？不如死了算了。」

「螻蟻尚且偷生，何況是人呢？以後別說這種喪氣的話了。」冬梅勸說。

「妳們給我走！妳們給我走！」老丁大叫了起來。

冬梅向素素暗示：「那我們走了，明天再來看你。」

素素還是回頭問說：「爸！你想吃什麼？」

「我什麼也不想吃，也不要見任何人，走！」老丁吼著。

冬梅再向素素暗示，素素這才擦著眼淚，隨冬梅走出。

冬梅一家暫時住在王大有鄉長家。

冬梅拿了筆，深思，在紙上繪畫什麼。

大有與阿美走近，大有問說：「怎麼？還住的習慣嗎？」

「太好了，謝謝，真是不好意思。」冬梅衷心感謝。

大有：「啥話，只怕有不周到的地方。」

冬梅：「哪兒話，有吃有住，像在家裡一樣。」

大有：「對，俺家就是妳家，妳們住多久，就住多久！」

冬梅：「只怕太打擾你們了。」

大有：「啥話，啥話，你們能住在俺家，是俺的光榮。」

「鄉長！你說這個話太折煞我們了。」冬梅肅然起敬。

阿美一直注視冬梅紙張畫了一個圖案問說：「冬梅姐！妳在畫什麼？」

我是想把原來住的地方，重新蓋兩間房子。」

「好！俺可以出錢出力。」大有拍了胸脯說。

冬梅正色答：「當然，蓋兩間房子，靠自己的力量是不夠的，還得望各位多幫忙。」

「一定！一定！」王大有答得很乾脆。

「冬梅姐！妳說蓋兩間？」阿美問說。

「丁家也燒了，而且老丁目前這個狀況……」

「對，對，素素遲早是妳們蔣家的人，有道理，有道理。」

王大有很熱心，連忙說：「什麼時候我替妳介紹一個蓋房子的師傅，肯定又便宜，蓋的也堅固，妳看要不要俺把這個消息告訴吳院長、羅經理，還有錢董事長，大家解囊相助。」

冬梅聽了，正中下懷：「我也正有這個打算，不過我聲明在先，我是暫時借用，借錢我會打借條，等以後本息一起奉還。」

「冬梅姐！傳說在火災區蓋房子，是越燒越旺啊。」

「我不完全是為這個，我是在想，蔣家是打不倒的，在哪兒跌倒，再從哪兒站起來。」冬梅義正詞嚴地說。

不久美輪美奐的兩間兩層樓樓房蓋起來了。

一串長長的爆竹，響了起來。

冬梅率子女及素素，在門口迎接客人。

羅家夫妻、錢董夫妻、吳力、王大有、錢芳等一一進來，恭禧道賀聲不絕於耳。

冬梅高興地合不攏嘴，拱手為禮。

遠處披頭散髮的老丁，用長髮掩了疤痕，自卑地注視一切。

（九）

自政府改革開放，熱絡經濟發展，社會上呈現一片繁榮景象。上海浦東大橋已建成，高樓大廈如雨後春筍衝出，車潮人潮不斷，上海市已成為亞洲第一大都市。

蔣家由於旭陽和莫愁的關係，已遷居上海浦東居住。

蔣旭東已考取中醫執照，在上海市中醫醫院，擔任醫生，與素素結婚已經周年，素素已懷孕數月，挺了個大肚子忙家事，辭去衛生所助產士工作，在家待產，他父親老丁仍住在鄉下，受冬梅及女兒照顧。

老二蔣旭陽，已自研究所畢業，在錢家事業集團，擔任經理之職，與錢芳出雙入對，俊男美女令人羨慕。

老三蔣莫愁，忙著拍戲，聲譽日隆。

老四蔣莫依，已調上海蘇繡廠，技藝長進，受人尊敬。

蔣家是快要苦出頭了，但對冬梅來說，應該老一點雖然已辦離休，她永遠是個勞碌命，她參加了仁愛社團，做義務心理輔導工作，她永遠牽掛著幾個孩子和週圍的人。

至於羅家羅世廷得改革開放之福，職位步步高升，已升至上海市某區貿易公司總經理之職。

羅世廷的妻子蔣永娟以夫為貴，更是氣焰囂張了。

（十）

這日蔣永娟穿了新款服飾，推開總經理辦公室的門，羅世廷正在打電話：「對，對，徐總！這是政府的政策，我們一定要遵守，對，初步這麼決定，細節我們見面再議，再見！」世廷掛了電話才面對妻子問說：「有事嗎？」

「沒有事就不能來看你？」永娟故意裝生氣地說。

「妳吃了炸藥了，講話這麼冲。」

永娟才好顏悅色地說：「今天晚上家裡有貴客來，希望你下班以後，回家吃飯。」

世廷有點意外：「什麼客人這麼重要，還得需妳親自通知？」

永娟笑了笑說：「這個你不用問，見面自然就知道了。」

這時周秘書進來，向永娟點頭示意，然後向羅世廷說：「羅總！三點有會議，快到了。」

「好，我知道了。」

周要退，被永娟叫住：「周秘書，妳懂不懂規矩，我來了半天了，也不知道送杯咖啡來？」

周秘書：「對不起，剛才夫人進來的時候，我剛離開桌位，沒有看見。」

永娟變色說：「一個祕書可以隨便離開桌位的？世廷！妳把她寵壞了。」

周低下頭，委屈。

世廷說：「去端杯咖啡來。」

周秘書：「是。」

永娟說：「不必了，討來的咖啡不香，我走了。」

永娟一扭一扭走出。

周秘書委屈擦淚。

羅總走來，摟著周說：「她就是這個脾氣，妳不必放在心上。」

傍晚，羅家客廳，有貴客光臨，小軍吸菸，世廷看報。

永娟呢指揮佣人張媽放一盆花：「張媽！把花放這裡。」

張媽聽從她放好花，永娟又跑到門口向花看了看：「嗯，這裡好，一進來就看到了，張媽！妳快去燒菜，客人快來了。」

張媽入內。

永娟又拿來空氣清新劑噴著。

小軍摸了摸鼻子：「嗯，好香。」

世廷不知妻子請的什麼客人，如此費周章問小軍：「妳知道今天妳媽請什麼客人嗎？」

「不知道，不知道媽葫蘆裡賣什麼藥？」

這時門口汽車喇叭聲，熄火聲，開車門聲傳來。

永娟整整衣，攏攏頭，連忙去拉門。

小娟挽著一個黃髮藍眼的美國青年喬治進來。

喬治以粗通中文，見了永娟就熱情叫著：「岳母大人！妳好！」

他們握手。

永娟一臉笑容，也熱情回應：「你好！你好！」

喬治又趨前向世廷握手招呼：「岳父大人！你好？！」

世廷內心糊塗，但也伸手相握。

然後喬治又像小軍握手：「大舅子！你好。」

小軍隨便一握。

世廷變臉自語：「什麼跟什麼？」

小娟解釋：「爸！在他們美國人來說，我答應嫁給他，他就可以這麼稱呼。」

世廷臉色更難看了：「妳嫁給他，誰同意了？！」

始終笑咪咪的喬治說：「岳父大人，我跟你說，小娟已超過法定婚齡，只要她自己答應，父母是不行干涉的。」

「那是你們美國，我們中國有中國的規矩。」世廷說。

「我知道，我知道，你們中國人常說：「沒有規矩，怎麼成方圓？對不對？」

張媽端上咖啡。

小軍：「咦，不要看這個美國佬，中國成語懂得不少。」

喬治：「我這個美國佬來中國十年了，快要成為中國佬了。」

小娟介紹著：「爸，她叫喬治，美國紐約人。」

小軍：「哦！那個地方壞人很多。」

喬治手指小軍：「那是你受了電影影響，把紐約寫得太亂，其實哪個地方沒有壞人，你們上海就沒有壞人？嗯？！」

喬治的口才一流，令永娟佩服：「親愛的喬治，我說你可以去兼個律師，辯才不錯。」

「親愛的岳母大人，我從上到下，哪個地方都不錯，妳不信問小娟。」

世廷撇撇嘴：「噁心！」

小娟：「爸！喬治是上海一家美國公司經理，年薪在我們中國來說，是一個天文數字。」

世廷鐵著臉說：「不管他是什麼？就算他是美國國會議長，沒有我同意，妳也不能嫁給他，哼！」

世廷說完，負氣離去。

把永娟、小娟母女也傻在那邊。

小軍也臉色一變說：「美國佬，我也告訴你，沒有大舅子我的同意，我妹妹也不能嫁給你，哼！」

小軍也負氣離去。

喬治傻了：「小娟！妳的父親和妳哥哥，太沒有風度了。」

永娟解圍：「喬治，你坐坐，她父親就是這個脾氣，我去勸勸他。」

喬治做了個請的手勢。

永娟上樓。

世廷站在窗前吸菸。

永娟敲了兩下門，進來和顏悅色說：「世廷！我的羅總，你真的生氣了？！」

世廷轉身怒目望妻：「這個家誰當家？」

「當然是羅總經理你啊！」永娟笑答。

「女兒嫁了美國佬，做老子的都不知道，這算哪門子當家？」

「你不要生氣，別氣壞身子，讓小女子慢慢道來。」

世廷望著她。

永娟考慮俄頃才說：「蔣家的孩子一個個都出息了，是不是？」

世廷：「對！」

「我們的孩子呢？長相並不比他們差，就是缺乏上進心，對不對？」

「也對，這怪誰？都是妳寵壞的。」

「好，好，就算我寵壞的，現在說這些又有什麼用？我是亡羊補牢，為時不晚。」

「我不懂妳的意思？」

永娟：「我們的孩子走正路是走不過人家了，但是我們可以走斜路，抄捷徑，就可以超越蔣家的孩子了。」

「妳真煞費苦心啊！」世廷諷譏的說。

「你現在才知道？目前經濟掛帥的當頭，人人想發財，而去美國也是人人夢想的，小娟能嫁給美國人，將來我們也可以去美國探親，那多風光？」

「妳對那個藍眼睛，黃頭髮的美國青年搞清楚了嗎？」

永娟：「他是美國公司經理，未婚，他父親是大學教授，他母親在美國教會工作，有錢、有地位，就是打燈籠也找不到啊！」

世廷：「為什麼早不告訴我？！」

永娟一臉笑容：「我是讓你驚喜，你一直笑我沒有用，我要讓你對我刮目相看，你現在明白了嗎？」

「先讓他們交往，等我觀察一段時間再說。」

「這還算一句人話，走吧！下去吃飯。」

世廷點頭，由永娟挽著他下樓。

餐廳桌面上豐盛的菜餚，小娟、喬治、小軍已坐在那邊。

喬治：「小軍！聽說你們開了一家貿易公司？」

小軍：「嗯哼！」

「我可以幫得上忙嗎？」喬治想拉攏大舅子。

小軍：「我也正想討你這句話，你能把美國啤酒委託我做中國總代理，我就做你的大舅子。」

「好說，好說，讓我想想辦法看。」喬治答。

小軍笑了笑說：「這還差不多。」

小娟損小軍一眼：「哥最死相。」

小軍對小娟眨眨眼說：「在這個當口，不提條件，是失去良機了。」

然後他對喬治說：「喬治！親愛的妹夫，你說話可不能當放屁，中國人是很守信用的，有道是一言既出，駟馬難追。」

喬治：「當然，當然。」

這時永娟偕世廷進來。

喬治連忙站起。

世廷做手勢，他才坐下。

世廷拿起酒杯敬酒。

喬治卻閉目做起禱告狀來。

永娟看了輕語：「你看，你看，信基督教的，會是壞孩子嗎？」

小軍唱反調：「那也說不定，有些教徒殺人放火，再去禱告求基督寬恕。」

小娟損小軍一眼。

世廷卻微笑了一下。

喬治：「對不起！我習慣了。」

小娟問說：「喬治！我要不要信奉耶穌？」

喬治：「我是基督教，不是天主教，天主教一定得同是教徒才能結婚。」

小娟立即眉開眼笑：「哦，那還好，那還好。」

永娟：「其實信奉耶穌，也沒有關係，只有好處，沒有壞處，有些人還不是假信基督，領取美國救濟品。」

世廷：「那是舊社會，如今中國經濟起飛，隔不了幾年就和美國並駕齊驅了。」

喬治：「言之過早，言之過早。」

小娟連忙拉了拉喬治衣。

世廷臉色一變：「你說什麼？」

喬治精明鬼，連忙改口說：「我說差不多，差不多。」

世廷說：「你們不要以為美國人就了不起，美國人富的太富，貧的太貧，我去美國，還有乞丐向我討錢呢！」

喬治：「這是事實，這是事實。」

世廷：「美國人的心態可議，不希望別的國家強盛，比如以前德國分東德、西德，韓國分南韓、北韓，我們中國，他們又支持台灣。」

小軍：「對，這點你們美國人是大大的壞蛋。」

「那壞蛋的啤酒總代理還要不要？」喬治立即反擊。

「要，當然要，這是兩回事。」

喬治笑了：「我這個大舅子，挺現實的，哈哈……」

世廷看了看女兒說：「小娟！爸爸公事忙，最近很少過問妳的事，待會我們父女好好聊聊。」

小娟：「好的，爸！」

世廷又說：「就這樣吧！你們可以交往三個月，嫁娶問題，等三個月再說。」

喬治：「岳父大人！我明白了，你的意思，我和小娟可以試婚三個月。」

世廷變臉：「什麼？你作夢！」

小軍說明：「NO！NO！交往是指可以拉拉小手，親親小嘴，什麼的，其他越軌行動，一概不准。」

喬治作無奈狀：「噢！上帝！」

永娟輕說：「要死了，這個美國佬是個風流種子！」

（十一）

冬梅新家是兩層樓房，客廳佈置簡單淡雅，有樓梯通二樓。

冬梅在做家事，素素挺了大肚子，提了飯盒進來。

「回來了，旭東在中醫院情形怎麼樣？」冬梅問說。

素素：「據他說，同事相處融洽，而且設備齊全，可以發揮。」

冬梅：「現在中醫院，也加上西醫設備是對的，中醫、西醫相輔相成，相得益彰。」

冬梅說完又用吸塵器拖地。

素素：「媽！我來吧。」

冬梅：「不要緊，我也正好活動活動筋骨。」

素素：「媽，最近有沒又姑姑家的消息？」

冬梅搖頭：「沒有，雖然大家都住在上海，因為各人忙各人的事，反而少來往了，妳聽到什麼？」

素素：「旭東說，小軍到他那邊去過，小娟交了個美國男朋友。」

冬梅：「交朋友無所謂，可見小娟交遊廣闊。」

素素：「不光是交交朋友，聽說是要嫁給美國人。」

冬梅：「哦，這倒要考慮考慮，因為異國通婚，國情不同，落差也大，妳姑姑她們同意了？！」

素素：「聽說是姑姑一手撮合而成的。」

冬梅：「妳姑姑想出國想瘋了。」

突然永娟像一陣風飄了進來，她還用外國口音打著招呼：「哈囉！妳們好嗎？」

冬梅也用外國口音回覆：「我們很好。」

兩人一笑。

素素招呼：「姑姑！」

冬梅：「永娟，剛剛還談到妳，妳就來了。」

「是我未來的女婿喬治先生，要我陪一批美國佬來浦東參觀，準備在上海浦東投資設廠，他們回去了，我順便來看看妳的。」

冬梅望了永娟一眼說：「聽說小娟真的要嫁給那個喬治？！」

永娟半英文說：「也，也，有什麼不對嗎？」

「考慮考慮吧！究竟國情不同。」冬梅勸著。

「有什麼不同？我們吃飯，他們不吃飯？不，他們吃麵包，一樣填肚子，我們洗澡，他們不洗澡？我們生孩子，他們不生孩子？反正都是人，到哪個國家都一樣。」

冬梅：「敲定了？！」

永娟：「那倒還沒有，世廷說讓他們交往三個月，看看情況再說，那個孩子真熱情，每天送一束鮮花給小娟，外國人真浪漫，小娟的房間簡直變成花店了。」

素素送上茶：「姑姑！請喝茶。」

永娟卻搖著頭：「素素！給我換杯咖啡來吧！我現在每天吃牛奶喝咖啡，讀英文會話，作去美國的暖身運動。」

素素睜大眼：「姑姑要去美國？！」

永娟：「當然，以後小娟嫁到美國，就是美國公民，老娘就可以去美國探親，把那些土包子的牌友，羨慕的眼珠子都掉下來了。」

素素拍著手：「哇！好好。」

「對了，素素，我來想辦法，妳到美國去生產，孩子落地就是美國人，多風光。」

素素：「算了，美國人的生活，我過不慣。」

永娟：「學啊！慢慢就習慣了，妳們鄉下人初來上海，還不是不習慣，待久了，就能適應了。」

冬梅一個勁不同意永娟觀點，這時才插口說：「永娟！不怕妳見怪，我不以為然。」

永娟損冬梅一眼：「妳啊！是吃不到葡萄說葡萄酸，算了，算了，話不投機半句多，聊別的吧。」

冬梅笑笑，找話說：「小軍怎麼樣？很快成家了吧？」

永娟驕傲地說：「他啊！比起老子是青出於藍，勝於藍。」

小軍辦公室

總經理辦公室有派頭。

小軍雙腳架在辦公桌上，一邊吸菸，一邊打電話談情說愛：「寶貝！起來了？！我想死妳了，真的，絕對是真的，如果，我說假話，出去被豆腐撞死，晚上在老地方，不見不散，再見！親一個。」他在聽筒上親了一下。

小軍掛了電話抬起頭，才看見妙齡的祕書瑪麗站在桌前。

瑪麗微笑說：「羅總！你真風流啊！」

小軍：「沒大沒小。」小軍放下雙足，坐正，才問說：「有事？」

「那個叫佳佳的小姐，又要來見你。」瑪麗說。

「告訴她，我不在。」

「我說了，她就是不走，羅總，你是不是有什麼把柄，落在她手上？」

「什麼把柄？我一不走私，二不犯法，我不怕。」

「她好像鐵了心，不見你不肯罷休，羅總，你是不是惹上麻煩了？！」

「沒有的事，才見過兩次面，就死纏著我，真是倒楣。」

「我奉勸你一句，這種死心眼的鄉下人，惹不得。」

「好了，好了，小老太婆！」

「好心沒有好報。」瑪麗翹氣嘴，要走。

小軍把她叫住：「瑪麗！」

瑪麗站住。

小軍走過來，摟她腰：「我對妳卻是真心的。」

瑪麗笑笑說：「哈！」

「那妳說，我待妳怎麼樣？」

「不過是正餐以前一小碟點心而已。」

小軍嘻皮笑臉：「點心比正餐可口。」

「你啊！夜路走多了，總會遇到鬼。」

「好了，我知道了，妳應付她，叫她走吧。」

「她說要在大門口等你。」瑪麗說。

「那怎麼辦？」小軍沒了主意。

「走後門啊！你在其他的地方，不是常常這樣？！」

小軍拍了她一下屁股：「對！我得小心一點。」

瑪麗嫣然一笑走出。

大廈後門，樸素清秀的佳佳躲在樹後。

小軍負氣叫車離去。

佳佳雙手掩臉哭泣。

瑪麗走來，拍佳佳肩。

佳佳看是瑪麗，委屈地撲在瑪麗肩上哭了。

佳佳淚眼望她。

「妳真的有了？！」瑪麗問說。

佳佳點頭。

「妳真的碰過一次就有了？」

佳佳急哭：「是真的！是真的！」

「妳是鄉下來的吧？」

「青浦。」佳佳一邊擦淚一邊答。

「那我們是同鄉，我也是青浦人，妳太不小心了。」

「我哪裡知道上海人這麼壞！」

「不，不能一桿子打翻一船人，哪個地方都有好人，也有壞人，只怪妳自己太相信男人了，妳跟羅總怎麼認識的？」

佳佳：「那是三個月以前，我初到上海，在紡織廠工作，有一天夜晚，我買了水果在街上閒逛……」佳佳回憶……

上海街頭五光十色的夜市。

人擠人的小街上，佳佳提了一袋水果閒逛。

小軍提了皮包，行色匆匆對面而來，他想超前，不意與退出店鋪的佳佳撞個滿懷。

佳佳跌倒，水果散滿一地，有的被過街車輛輾過。

小軍：「小姐，對不起！對不起！」

小軍去扶佳佳。

佳佳看掉在街上的水果，被車子輾了，有些不捨：「我的水果。」

小軍：「那些水果髒了，不要了，我賠妳好嗎？」

小軍去拾起水果，順手丟入垃圾桶。然後小軍又在附近小店，買水果及飲料兩瓶，遞給佳佳。

「這怎麼好意思？」佳佳說。

小軍：「沒有關係，沒有關係。」

佳佳：「那謝謝了。」

小軍要走，又停住，注視佳佳，這個女孩好秀氣！

佳佳羞的低下頭。

小軍望佳佳：「小姐！妳有空嗎？我們可不可以喝杯咖啡聊聊？」

佳佳：「我，我……」

小軍：「也許我們是不撞不相識，有緣。」

佳佳笑笑。

小軍看手錶：「時間還早，走吧！」

小軍挽住佳佳往前走。

飯店咖啡廳，小軍偕佳佳進咖啡室。

小軍：「請坐。」

佳佳坐下，四望：「好漂亮。」她說。

服務生來。

小軍：「一杯咖啡，兩瓶啤酒。」

服務生退。

小軍遞上名片：「這是我的名片，請多指教。」

佳佳看名片驚喜：「原來是羅總經理，失敬，失敬。」

小軍吸菸問說：「妳叫什麼？」

「我姓趙，名叫佳佳。」佳佳回說。

「佳佳？！嗯，好名字。」

服務生端來咖啡、酒，後退。

小軍開啤酒舉杯。

佳佳亦舉杯喝了一口咖啡。

「在那裡工作？」小軍問。

「紡織廠。」

「妳會打字嗎？」

佳佳搖頭。

「電腦呢？！」

佳佳微笑搖頭。

「打字和電腦都是現在女孩子的根本，妳應該去學啊！」

「我才來上海，人生地不熟。」佳佳答。

小軍：「明天，我陪妳去報名，白天上班，晚上去學。」

佳績想到學費，一時不知如何回答：「我，我……」

「我們好像有緣分。」小軍說。

「前天我去面相，算命的說我會遇見貴人。」

「可不是，我就是妳的貴人，妳長得很漂亮，幾乎和我以前一個女朋友長得一模一樣。」

「哦，這麼巧，那你以前的女朋友呢？嫁人了？」

小軍摸頭，有點難過地說：「癌症，死了！」

佳佳同情心油然而生：「對不起！」

「她死了後，對我的打擊太大了，我幾乎不想活，跟她而去。」

佳佳含淚說：「啊！羅維總，你是一個多情的男人。」

「好了，不談了，談起來傷心。」

小軍猛喝啤酒。

「羅總，少喝一點，酒是解不了愁的。」

「佳佳！我可以這樣叫妳嗎？」

「可以。」佳佳答。

小軍：「我們公司那個祕書，我看不順眼，準備把她解雇，妳來做我的祕書，好不好？」

「可是我不會打字，也不會電腦。」

「學，趕快學，一切學費算我的。」

佳佳眼睛一亮說道：「天哪！那我不是挖到金礦了？！」

「其實我的酒量不行，我只夠一瓶的量，若我喝兩瓶，肯定會醉，妳能不能分擔一點？」

佳佳考慮一會說：「好吧！我只能喝一點點。」

小軍卻倒滿了一杯。

「羅總！羅總！不行，不行啦！」

「噯，不要緊，能喝一點，就能喝一杯，能喝一杯，就能喝一瓶，趙祕書！乾杯！」

小軍舉杯喝完，杯子倒過來，等佳佳喝。

佳佳興起，終鼓起勇氣喝完，也將杯子倒過來。

「痛快！痛快！這種女孩子，我喜歡。」

小軍打了手指響聲。

服務生走來。

「啤酒再來兩瓶。」小軍說。

佳佳叫了起來：「羅總！夠了，夠了。」

「做秘書，常常陪我應酬，喝酒也要練習啊！」

服務生又端來兩瓶酒。

「我真的可以去做秘書?！」佳佳問說。

小軍又替佳佳倒滿酒。

「一言既出，駟馬難追！」小軍說。

佳佳有點醉態了：「趙祕書敬羅總！」

小軍：「乾！不乾是這個。」小軍伸小拇指。

佳佳舉杯，不知天高地厚喝了。

小軍用手勢召服務生，付了錢。

佳佳已酒醉趴在茶几上。

小軍走過來輕叫：「佳佳！佳佳！」

他扶起她，走入電梯。

大廈門後小花園，瑪麗還在聽佳佳敘述經過：「你們走進電梯以後呢？」

佳佳輕說：「這個時候，我已經昏昏沉沉，全身無力，只好任他擺佈。」

瑪麗輕斥：「妳啊！妳真是的！」

「後來他待我還不錯，真的陪我去學電腦、打字，學費也替我付，他好多次想再碰我，我不能一錯再錯，沒有答應，一個多月前，他不理我了，而我卻……」

瑪麗又輕斥：「妳真該死，他到處用秘書這個職位，來引誘無知的年輕姑娘，我也是他騙過來的，我是運氣好，真的當了他的秘書，也當了他的小點心。」

佳佳聽不懂：「小點心？！」

「這表示他不會真的愛妳，只是偶而玩玩而已。」

「妳故意當他玩物？」佳佳問說。

瑪麗低下頭：「有什麼辦法？我家裡窮，弟弟妹妹還小。」

佳佳：「噢！原來我們同是可憐人。」

她頓了頓又說：「妳剛才看見了，他來個死不認帳，我怎麼辦？」

「辦法是有的，找他父母去，他父親是上海市某區企業公司總經理，他獨生兒子不要臉，老子不能不要臉？！」

佳佳：「我，我怕。」

「那就沒有辦法了，妳考慮考慮吧，如果有需要，妳打電話來，我告訴妳地址。」

佳佳擦淚：「妳為什麼待我這麼好？」

「妳剛才不是說了，我們同是可憐人！」

(十二)

蔣永娟和兩位女牌友，陪喬治玩上海麻將。

小娟在喬治身後指點。

喬治手忙腳亂砌牌，砌好又倒下，他搖了搖頭。

喬治說：「岳母大人！打中國麻將，才知道中國文化的深奧，一百三十六張牌，玩得人頭昏腦脹，中國人真聰明。」

永娟：「當然了，中國有五千年歷史，你們美國才兩百多年，你們美國人學的地方還多著呢！」

喬治說：「我們美國人也不簡單，把你們珠算學去，舉一反三變成電腦，反過來，你們要向我們學習。」

小娟催著：「抓牌！抓牌！」

牌友抓牌。

牌友甲說：「永娟啦！以後小娟嫁給喬治，你就是美國人的岳母大人，你去了美國，可不能忘了我們呀！」

永娟學英語說：「也！肖！肖！」

「肖！肖！是什麼意思？」牌友甲問說。

永娟：「這是我最近學到的美國話「肖」就是中國人說「當然」的意思。」

她們抓牌打牌，喬治是生手，遲疑半天未打牌：「小娟！快告訴我，打哪一張？」

「你好笨，一二三四五六連起來都不會，分出來的牌就可以打了，下來，下來，讓我玩幾把，你在一邊見習吧！」小娟損他一眼。

喬治：「是，我美麗的老師！」

牌友笑笑。

這時張媽進來與永娟耳語。

永娟臉色大變站起。

小娟問：「媽！什麼事？」

「一個鄉下姑娘有事找我，張媽！妳叫她到花園等我！我一會就來。」

張媽：「是，太太！」

張媽先退下。

永娟對牌友說：「對不起，失陪了，妳們不要趁我不在，欺負喬治，我會心疼的。」

牌友甲：「妳啊！是丈母娘看女婿，越看越有趣。」

眾人一笑。

永娟在笑聲中步出。

張媽引佳佳到花園，那邊有小圓桌、圓椅。

張媽倒了兩杯水，一杯遞佳佳，一杯放一邊。

張媽：「妳坐一下，太太馬上來了。」

佳佳：「謝謝！」

張媽看了佳佳一眼，下。

永娟進來。

佳佳連忙站起。

永娟鐵著臉看她。

看得佳佳手足無措。

永娟：「妳跟張媽說，妳是少爺的女朋友，有事找我？！」

「是。」佳佳低下頭。

永娟：「妳真是小軍的女朋友嗎？看妳土裡土氣的，小軍會跟妳交朋友？！」

佳佳聞言不快，想反駁又止。

永娟：「妳叫什麼？」

佳佳答：「趙佳佳。」

「在那裡工作？！」

「上海紡織廠。」

「妳是個工人？」

佳佳點頭。

永娟：「這點我倒沒有想到，我獨生子會看上一個工人？！」

佳佳有點氣：「妳以為我是來冒充的？」

「不是沒有可能？」

佳佳怒目望她。

永娟：「好了，別跟我吹鬍子，瞪眼睛，你們認識多久了？」

「三個月了。」佳佳答。

「三個月了！小軍壓根兒就沒有提過。」

佳佳突然委屈哭了起來。

永娟：「姑娘！我事情很忙，沒有時間跟你耗，你有什麼事，直截了當說吧。」

室內喬治、小娟他們還在玩牌。

喬治抓腮撓耳，舉牌不定。

小娟：「A，能不能快一點！」

喬治和平地說：「不要急，不要慌，人民幣輸不光。」

小娟：「真是急症風，碰到一個慢郎中。」

下家有人打了個紅中牌。

喬治說：「紅中，碰！」

喬治碰了紅中，打出一張牌，下家胡了。

小娟怕喬治籌碼輸光，叫了起來：「張媽！張媽！」

張媽應聲進來：「小姐！什麼事？」

「客人走了沒有？」

「沒有，他們還在後花園，那個姑娘一直在哭。」

喬治：「準是妳哥惹上麻煩了。」

小娟損他一眼：「我看你跟他是一丘之貉。」

喬治不懂問說：「什麼意思？」

「你們都是半斤八兩，玩女人的能手。」

「冤枉啦！大人！」

眾人一笑。

小花園永娟鐵著臉說：「好了，你說的事，我知道了，我還得問問我兒子，有沒有這回事？」

「謝謝！」佳佳鞠躬退。

張媽走來，永娟又對張媽放下臉說：「張媽！以後這種不三不四的女人，不要讓她進來！」

張媽：「是，太太！」

這時小娟也走來：「媽！什麼事？！」

「氣死我了，氣死我了，妳哥哥玩女人，惹上麻煩了。」

小娟：「哥哥一直強調，喝牛奶何必養隻牛，這下可好，亂喝牛奶，中毒了吧！」

夜間，世廷在自家客廳，審問小軍。

永娟、小娟在一旁。

「我問你，是不是有這回事？」世廷審問著。

小軍點點頭。

世廷：「你真沒有出息！有人玩女人玩一輩子，也沒有出個什麼問題。」

永娟：「對，你為什麼不向你老子學學？！」

世廷怒目望了永娟一眼：「我在教訓他，妳少插嘴。」

「你教什麼？子不教父之過。」永娟又挺一句。

世廷又瞪妻一眼。

小娟插嘴了：「哥！你真是的，沒有本事就不要玩女人。」

小軍又火了：「你們都在指責我，好像我是十惡不赦的人，告訴你們，我已經成年了，我的行為我自己負責，不用你們操心！」小軍生氣入內。

世廷望了妻子一眼說：「妳看看，妳看看，妳生的好兒子！」

永娟手一攤：「那怎辦？」

世廷拿支煙點火吸著：「他說的，不用我們管，那我們就不管吧！」

（十二）

上海市某區仁愛社團辦公室，門口掛了個牌子，上面寫著「仁愛社團江老師」

江冬梅助產士工作已退休，兒子大了，個個都能力爭上游，家事少了，但她有顆善良的心，她想為社會做點事，於是申請仁愛志工，為社會市民排難解紛，這天她按時間上班。

佳佳坐在那邊等候，見江冬梅進來，連忙站起：「妳是江老師吧？！」

冬梅點頭：「請坐！有什麼問題？」

冬梅在座位上坐下，戴老花眼鏡，注視她。

佳佳坐在對面，還沒開口，就哭了：「我不想活了，我不想活了，啊……」

冬梅驚訝：「這麼嚴重？別哭，把事情原委慢慢告訴我。」

佳佳這才打開小包，拿出幾張紙：「我，我寫了事實經過，請江老師過目。」

冬梅：「那太好了。」

佳佳遞過去，寫了滿滿的幾張紙。

冬梅仔細看著，越看越吃驚，終於摘下老花眼鏡，看著佳佳問說：「妳說的那個高高的，長得很體面的羅小軍？」

佳佳點頭。

冬梅自語：「這孩子，這孩子。」

佳佳有點意外：「江老師認識？！」

「不但認識，還是看他長大的。」冬梅說。

佳佳一聽更是傷心起來哭說：「江老師，我家很保守，我爸媽倘是知道，一定會把我打死的，請江老師替我做主啊……」

「那些人知道這件事？」

佳佳說：「羅小軍，我去找過他，他不認帳，他家裡我也去過，他母親曾答應要問問羅小軍，可是後來連大門也不讓我進，我是沒有辦法，才來見您的，啊……」

冬梅走過去摟著她。

「除此之外，還有別人知道內情嗎？」

佳佳想了想說：「羅小軍的秘書瑪麗小姐，是她慫恿我去找他父母的。」

「好，這件事到此為止，不要對任何人提起，那個瑪麗小姐，也不要跟她見面了，她對妳是唯恐天下不亂，妳明白嗎？」

佳佳點頭。

「妳在紡織廠工作？」

「我已經請了兩天假，如果江老師這邊不替我主持公道，我只好去跳黃浦江了。」

「千萬使不得，天下沒有解決不了的事，這兩天，妳住在我家，我跟妳有緣。」

佳佳甚感動站起來欲下跪，被冬梅攔住。

「妳先去外面等我，我要打個電話。」冬梅說。

佳佳答謝：「謝謝！」

佳佳辭出。

冬梅坐下，再看那個自訴書，考慮俄頃，她拿起電話聽筒撥號碼。電話通了，冬梅說：「小軍，我是舅媽！對，我很好，今天晚上有事嗎？沒有什麼事！那好，有件事想請你幫忙，今天晚上我會去你家，好，那你下班就回家，好，晚上見！」

冬梅掛上電話，又撥號碼：「永娟！我是冬梅，對，很久不見了，晚上有空嗎？我想到妳家來，對，有一點事想請妳幫忙，可以是吧？！那請通知世廷，好，再見。」

世廷客廳，世廷、永娟、小軍坐在客廳。

世廷不時看手錶。

永娟不耐煩說著：「怎麼回事？說來又不來，真是的。」

世廷問小軍：「你舅媽電話怎麼說的？」

「她說有事請我幫忙，要我早點回家。」

永娟：「冬梅個性強，再苦的事，也不會求人的，這次她主動提出說有事請我們幫忙，究竟是什麼事呢？」

世廷：「會不會是她們蔣家誰結婚？請我們幫忙辦喜事？」

永娟：「嗳，我也這麼想。」

正在這時，張媽引冬梅進來。

小軍等迎上叫著：「舅媽！」

永娟：「大嫂！我們是望眼欲穿，妳終於來了。」

世廷招呼：「快請坐，吃過飯沒有？」

「吃了，吃了。」冬梅望了望掛鐘：「啊！九點了，對不起，對不起！」

冬梅坐下敲腿：「最近風濕又患了。」

世廷說：「孩子都有出息，不在家享福，去什麼仁愛社團做心理輔導師，一定是工作忙壞了吧。」

冬梅：「還好，還好，不過這種工作，對我來說是一種挑戰，看到社會的形形色色。」

永娟：「大嫂！恭禧！是不是家裡要辦喜事了？」

冬梅搖頭說：「我倒是要恭喜你們。」

永娟：「恭禧我們，喜從何來？」

冬梅從皮包取出佳佳自訴，遞給世廷。

世廷翻了翻臉色大變。

世廷：「呃！她去找上妳們了？！」

永娟搶過去看了看，怒說：「找妳們也沒有用，他有什麼證據？」

「這，這簡直是敲詐！」小軍怒說。

冬梅說明：「今天上午我到辦公室，趙佳佳就坐在我辦公室等我，這是她事先寫好的自訴書，我看了以後嚇一跳，我覺得他找上我，可見你們運氣不錯，因為照一般例子接受申訴，是要登記的，報社的記者像蒼蠅一樣，無孔不入，他們每天來看登記簿，登了記必定上報，上了報對世廷，對你們家就不大好吧，所以當時我就囑咐她到此為止。」

世廷：「嗯，妳處理得不錯，先把她穩住。」然後轉頭對兒子說：「你看，你闖禍了吧！」

小軍怒站起：「他媽的，我找她算帳去！」

小軍拿外套出走。

世廷大喝：「站住，你找她算帳？！你惹的麻煩還不夠？！你非要弄到滿城風雨才甘心是不是？」

永娟：「我們先聽聽大嫂的意見。」

冬梅：「小軍！我只問你，趙佳佳寫的是不是事實？」

小軍再看了一眼佳佳自訴，點了點頭。

「我替她檢查過，是有身孕了。」

永娟不認，怒說：「她有身孕也不見得是小軍的。」

冬梅望了永娟一眼說：「這個假設沒有錯，起先我也這麼懷疑，但是經過我一天的探訪，我可以確信趙佳佳沒有其他男朋友。」

世廷：「妳去調查過？！」

冬梅：「趙佳佳請了兩天假，我假借是她的親戚，去工廠找她的好朋友，聊過，青埔她家裡我也去了，一個老實的農民家庭，永娟！不要輕視這件事，弄得不好是一屍兩命，家破人亡！」

永娟一聽變色：「有這麼嚴重？」

冬梅：「仁愛社團是公安一個下屬單位，他能去找我們，不直接去找公安局，可見她不想把事情弄大，若弄到她無路可走，只好走上絕路了。」

永娟還是不認同：「大嫂！妳的胳膊外彎，妳一直替她說話。」

冬梅則堅持己見：「我更替你們擔心，世廷的事業，日正當中，平時免不了得罪人，有心人可能借此打擊，那個時候，想擋也擋不住了。」

永娟：「那妳說，怎麼辦？」

冬梅笑說：「大事化小，小事化無，冤家變親家！」

小軍大叫：「不！這不可能！」

冬梅說：「為什麼？」

小軍：「她一個鄉下女孩子！」

冬梅正色說：「你既然知道她是鄉下姑娘，為什麼去碰她，占占小便宜？小軍，聽舅媽的話，你以前那種『要喝牛奶，何必養牛』的想法是錯誤的，如果每個人都有這種謬論，那不是天下大亂？！」

永娟想了新點子：「娶她不可能，頂多花一點錢，破財消災。」

冬梅笑了笑說：「我也想過，給她一點錢閉她的嘴，由我替她打胎，把禍根去了，人不知鬼不覺。」

永娟立即同意：「大嫂，就這麼辦。」

冬梅：「但是後來我又想，冥冥中有神在擺布，上海那麼大，小軍為什麼會撞倒她，小軍的標準不會太差，為什麼會看上她？這都是神使鬼差，再更一層說，才親了一次，她就有了喜，這難道不是緣份嗎？」

世廷心悅誠服：「大嫂！我同意妳的看法。」

冬梅又勸：「永娟！妳要做奶奶了，這是我們兩家第一件大囍事啊！」

小軍痛苦地大叫起來：「不！老天，我不要結婚，不要！」

冬梅：「這是命中註定的，躲也躲不掉。」

永娟：「經妳這麼一說，我也有點心動了。」

小軍急著說：「媽！妳不能被舅媽說服，二票對二票平分秋色。」

突然小娟跳了進來說：「舅媽！我同意妳的看法，哥是一匹野馬，得有人好好拴住他，不然三天兩天闖禍。」

永娟：「趙佳佳長得還算眉清目秀，只是家庭差一點。」

「我已收她做乾女兒了。」冬梅笑說。

永娟：「什麼？妳……」

「我怕他想不開，去尋短見，一時的安撫策略啊！」

世廷卻開心大笑起來：「哈哈……那我們就來個親上加親吧，大嫂！一切拜託妳了，妳就兼做現成的媒人吧！」

冬梅也開懷說：「你們都同意了？！那我一天的辛苦也沒有白費了，我看這件喜事要速戰速決。」

經過精心設計的小軍新房（洞房）結婚進行曲揚起。

彷彿小軍、佳佳喝完喜酒，送入洞房。

兩人均穿著喜宴禮服，小軍氣虎虎先行入內，佳佳後跟。

小軍一邊脫西服，一邊沒好氣地說：「我告訴妳，妳是逼我上梁山的，今後我對妳不好，可不能怪我？！」

佳佳一邊摘下首飾，一邊笑說：「你試試看，我可不怕你，我有乾媽！」

小軍懊惱地坐了下去，走到門口，隱隱約約看見一根繩子綁住他，把他拉回，繩子拴在銅床架上。

「妳是女魔！妳是女魔！」

佳佳偏著頭，一付得意狀。

（十四）

冬梅家客廳。

蔣家男女喝完喜酒歸來，每個人均衣冠整齊。

冬梅先坐下，敲著肩。

素素：「媽！你累了吧？！」

冬梅：「我的五十肩又發作了。」

莫愁：「媽！妳今天是身兼數職，又是媒人、又是乾親家。又是舅媽，忙得團團轉。」

莫愁：「媽！真有妳的，硬是逼著一匹野馬就範！」

「沒有一套，還能在社會上混！哼！」冬梅也趁機吹了一下牛。

素素替冬梅捏肩。

旭東笑著說：「你看小軍的樣子，好像綁赴刑場，哪像是大囍事？」

旭陽：「天下事很難說，最不願意的，反而跑在最前頭。」

莫依：「對了，哥！你也快了吧？」

莫愁也連忙說：「對啊！對啊！趁今天大家都在，我們來參商參商。」

莫依：「姐！你也一樣，你和胡家華也傳出戀情了。」

莫愁翹起嘴說：「別胡說，他是有家室的。」

莫依：「影劇雜誌上登的，白紙黑字，賴不掉！」

冬梅關心：「莫愁！媽也聽到一點風聲，說胡導眼對你的關心，超過一個導演應關心的程度，既然他有家室，妳就要小心了。」

莫愁連忙大叫：「媽！你放心，他是個君子，A，A，我們是在討論二哥，怎麼轉移目標了？！」

冬梅：「男大當婚，女大當嫁，是天經地義的事，沒有什麼可害羞的，旭陽！那就先談你吧。」

旭陽平和地說：「乏善可陳。」

大家一怔。

冬梅起疑：「怎麼？你跟錢芳發生變故了？」

旭陽搖頭：「那倒沒有，反而是多年相處，我越來越難割捨了。」

旭東：「媽！我知道一點情形，旭陽跟我提過，他現在心裡蠻矛盾的。」

眾人不解。

「是嗎？可不可以說說。」莫愁說。

旭東望了望旭陽，然後說：「錢家是有條件的，錢家只有一個獨生女，希望旭陽入贅，以續香火。」

眾人又是一怔。

「現在是什麼時代了，錢家還作興這個？！」莫愁說。

冬梅望旭陽問說：「旭陽！那你自己的意思呢？」

旭陽站起：「我們家需要我賣身投靠嗎？」

冬梅也站起說：「錢家可能想到，你有兩兄弟，你入贅也無妨。」

旭陽生氣地：「媽！妳同意？！」

冬梅未語。

旭陽看了看母親，上樓。

莫依感嘆：「入贅不願意，錢芳難於割捨，難啊！」

莫依也入內。

旭東向素素暗示，他們也上樓。

「媽！沒有什麼事？我也想休息了。」

冬梅揮揮手，莫愁也離去。

客廳只剩下冬梅，他走進正堂，望著丈夫永正遺照。

不意薩克斯風，梁山伯祝英台主旋律傳來，冬梅知道，這是旭陽煩悶時最拿手的吹奏曲子，她站在窗前，注聽，皺眉感嘆。

素素斜躺在床上。

旭東在她大肚子上，聽肚內嬰兒動靜。

「他又在吹這曲子了？！」

「妳說媽會同意嗎？」旭東問。

「不會。」素素答。

旭東：「我也想不會，所以愛情就觸礁了。」

素素：「還是我們好，平平順順，沒有一點波折。」

他倆對望一陣，然後小心翼翼地親吻。

旭陽坐在臥房窗口，仍在吹著曲子，眼角已有淚水。

門口走廊，冬梅走來，走到旭陽臥房門口，舉手欲敲門，又止，退下。

錢家呢？錢芳也心事重重，披了睡衣站在窗前，想著父親的話……「芳兒！妳探探旭陽的口氣，他願不願意入贅？他有兄弟兩，而且他若真愛妳的話，他會答應的。」

錢芳又想起旭陽的話：「辦不到，我媽不會答應，我也不會答應，為什麼現在才提這個條件？！害我越陷越深，不能自拔，（吼）為什麼？為什麼？」

錢芳也雙手掩耳大叫：「不！不！」

錢芳注視床台櫃，旭陽半身照，他拿起放在胸前，喃喃地說著：「旭陽！我愛妳，我愛妳……」

旭陽一曲吹畢，放下樂器，看著床頭錢芳照片，考慮俄頃，他拿起外套走出。

旭陽走進錢家前院，呆呆望著錢芳有燈光的窗子，碰巧錢芳拉開窗簾，推開窗門外望，突然發現旭陽站在那邊，她揮揮手，然後披了外套飛奔而下，推門而出。

錢夫人耳聞門聲，推開窗戶，見是驕女錢芳，想叫又止。旭陽也發現了，迎了上去，兩人止步，含淚注視，終奔上去，兩人緊緊擁吻。

「旭陽！旭陽！」錢芳感情地叫著。

「我的小心肝！小寶貝！」旭陽也輕輕叫著。

「你怎麼來了？」錢芳問。

旭陽：「我想妳。」

「我也是，我也是，傻哥哥，夜深了，沒有渡輪，你怎麼回去？（那時去浦東要過渡）

旭陽：「我不回去了，我就在這兒待到天亮！」

錢芳也感情地說：「好，我陪你，我陪你到天亮，我陪你一生，我陪你到天長地久！」

「可是你父親有條件？」

「去他的條件！他們再堅持，我跟你私奔！」錢芳答得很乾脆。

「可是那時候，我們都是窮光蛋，沒有華夏，沒有錦衣，沒有玉食，妳受的了嗎？」旭陽試探地說。

「受得了，受得了，我們可以樹葉當衣，水果當食。」

旭陽一聽，大為感動，緊擁地說：「妳太可愛了，錢芳我要你，要定了！」

錢芳：「我也是！我也是！」

他們夢囈般說著、親著，在草皮上打滾。

樓上，錢董臥房窗戶開著，錢董和夫人看著、聞著。然後對望。

錢夫人：「怎麼辦？」

錢董兩手一攤說：「還能怎樣？投降吧！」

錢家客廳，錢董事長夫妻陪莫愁吃著西餐。

莫愁望了他們一眼說：「乾爹！乾媽！你們找我來，大概有什麼事吧？」

錢夫人笑著說：「想看看妳不行？！」

莫愁也笑說：「當然，我也想來看看乾爹、乾媽。」

錢董：「最近拍什麼戲？」

莫愁：「（家和萬事興），快殺青了，目前休息。」

錢夫人：「有男朋友了嗎？」

莫愁面紅低頭，不語。

錢董考慮俄頃才說：「不好意思了，嘿嘿。莫愁！實不相瞞，是有點事情，請妳傳話。」

莫愁望錢董。

錢夫人感嘆著說：「女大不中留，留了要發愁。」

錢董：「看情形，我們要親上加親了。」

莫愁察言觀色，已知大概，但是她還是問說：「乾爹是說……」

錢董立即回答：「要妳媽來提親吧，錢家沒有任何條件。」

莫愁舉杯說：「那太感謝乾爹乾媽了！」

這是蔣家第二次大囍事，第一次老大蔣旭東與素素結婚，簡便行事，這次因親家是錢家，親友眾多，而蔣家錢芳是大明星，不得不盛大舉行，

上海最有名的酒店門口，一條長長的爆竹，眾人圍觀，室內正在舉行蔣旭陽與錢芳婚禮，一條長走廊六道花門，新郎挽著新娘向賀客走去，經過一道花門，又一道花門。

錢董與夫人與冬梅互相握手道賀。

賀客盈滿，盛況空前。

一輛嶄新的轎車，載了兩位新人在田野間行駛。

轎車的新人由蔣旭陽、錢芳，換成羅小娟與美籍青年喬治，表示喬治與小娟，也已成婚。

轎車抵一屋，喬治抱小娟入室。

結婚進行曲貫穿全場，到此片刻終止。

（十五）

冬梅用米餵小雞。

一身新裝永娟進來，叫了一聲：「大嫂！」

冬梅一看驚喜：「是妳，稀客！稀客！」

「到浦東看個朋友，順便來看看妳。」永娟說。

冬梅：「恭喜！妳的兒女大事都辦了。」

永娟數落女婿：「這個美國佬，妳說他多小器就有多小器，結婚在教堂，請客嘛用茶點，他說這是美國風俗，禮金倒是收入不少，開支只有個零頭，現在我才領會，美國佬之精明。」

冬梅笑笑：「這些都是小事，只要以後對小娟體貼就好了。」

永娟：「這點倒是可以放心的，這交往三個月其間，喬治天天送小娟一束鮮花，表示愛意。」

「只要他們小倆口恩愛，我們就不必太計較了。」冬梅勸說。

「是啊！是啊！我也這麼想，大嫂！還是旭陽有本事，娶到千金小姐。」

「也不是很順利，經過一番波折。」冬梅說。

「他們蜜月回來，還是跟妳們住在一起？」永娟問說。

「旭陽自己不提，我也不好趕他們走，我心中已有一個底。」冬梅說。

永娟不解問說：「一個底？」

冬梅：「嗯，開一眼，閉一眼吧！保持距離，以策安全，對了，佳佳怎麼樣？還好吧？」

永娟：「大嫂！妳真有眼光，我真佩服妳！」

冬梅：「怎麼說？」

永娟：「想不到這個鄉下姑娘，把桀驁不馴的小軍拴住了。」

「哈哈……」冬梅開心笑著。

（十六）

在一間精裝酒吧，趕時尚的年輕男女，常聚在一起，一臉鬍子的史威與一身麗妝的過氣舞女娜娜，及開過餐廳的老闆老周，正在喝酒聊天。小軍走了進來。

娜娜首先發現：「羅大少爺來了。」

史威等連忙向小軍招手，連忙讓出座位入坐。

史威：「羅大少爺，今天是什麼風吹來的？」

娜娜也搭訕說：「小軍！妳現在是浪子回頭金不換？！」

老周：「羅哥！你坐！」

小軍坐下，他打了一個手指聲。

服務生走來。

小軍：「老規矩，一瓶XO！」

娜娜：「究竟是大少爺，出手不凡！」

服務生端來XO，加冰給予每人，斟好酒退下。

小軍端起酒杯：「小弟這些天不能常來，向各位致歉！」

他們喝了酒。

史威拍了小軍肩：「小子！真的給老婆拴住了？！」

「笑話，男子漢大丈夫，一個小女子能拴住我？」小軍吹著牛。

娜娜：「我看你是男子漢大豆腐吧！」

「哈哈……」眾人一笑。

老周：「你貿易生意做得怎麼樣？」

小軍：「剛起步，前景大有可為。」

娜娜：「那恭喜了！」

小軍：「我還透露一點消息，我妹夫是美國人，我正在設法引進美國啤酒，做上海總代理。」

眾人一怔。

史威：「那你可發了，不要忘記我們這些哥們。」

小軍：「那怎麼會！今天我來這兒，也正是想碰碰你們，想不到真給我碰著了，喝酒，喝！」

他們互相敬酒。

小軍發表宏論：「目前政府改革開放，上海經濟一日千里，飛速上揚，再加上開放浦東為經濟區，將成為第二個深圳，繁榮進步，指日可待。」

「小軍！你有什麼計劃是不是？」娜娜問著。

小軍：「我是想開一家全國最大的俱樂部，裡面包括套餐、小吃、鋼琴酒吧，舞廳等等。」

娜娜叫起來：「好，我贊成！」

「這個計劃太棒了，來，我敬你！」史威向小軍敬酒。

小軍：「舞廳，娜娜駕輕就熟，由娜娜負責，”鋼琴酒吧“史威兄以前開過，由史威兄負責，老周以前做過餐廳廚師，餐廳由老周負責。

娜娜：「你自己擔任董事長兼總經理，處理一切！」

「不，董事長由我媽擔任，她有這個。」小軍作數鈔票狀。

眾人一笑。

史威：「好小子，原來你早就想妥了。」

小軍：「你們以為我在家光抱老婆不想正事？」

娜娜：「我們敬羅總，祝願他心想事成！」

史威：「我們祝願羅總馬到成功！」

小軍：「乾，乾！」他們喝了酒。

娜娜興起：「小軍！為了慶祝你又回到我們身邊，也為慶祝將來合作愉快，下面的節目由我大姐作東，我們去狂舞一次怎麼樣？」

眾人說：「好！」碰杯飲酒。

這時佳佳穿孕婦裝進來，她舉目四望，看見小軍了，不聲不響，挨小軍，坐在小軍背後，作不聲張狀。

史威、娜娜、老周等人全看在眼裡。

史威先說：「小軍！我看算了吧！你新婚蜜月，還是早點回去陪老婆吧！」

小軍：「老婆？！老婆幾個錢一斤，若不是看在她乾媽是我舅媽，我早就叫他滾蛋了！」

娜娜笑說：「哈！你有個膽子？！」

小軍吹：「老子不是吹的，叫她往東，她不敢往西，叫她打狗，她不敢罵雞！」

佳佳聽了，嘴巴扁了扁。

娜娜：「你還是要去狂舞？！」

小軍：「當然要去，娜娜姐！妳是不是小兒科？我請客好了，反正今天我是要好好的地玩一玩！」

這時娜娜才指他身後。

小軍回過頭，這才發現佳佳，意外生氣：「妳，妳來幹什麼？」

「我來找丈夫！」佳佳回答。

「丈夫？！家裡一丈之內，是妳丈夫，離開一丈之外，就不是妳丈夫了，妳懂不懂？」

佳佳又嘴巴扁了扁。

史威：「嫂夫人！不要哭，千萬不要哭！」

佳佳點頭擦淚，忍回去。

小軍站起有點怒：「妳，妳丟臉在家裡還不夠，還丟在大庭廣眾面前來？！」

佳佳嘴巴又扁了扁，眼淚在眼眶內打轉。

小軍：「你們看吧，一付可憐相，好像誰欺負她似地！」

佳佳一直抽鼻，不敢哭出來。

史威：「小軍！我看你是娶了個小孩。」

娜娜也說：「小軍！我們計劃已定，下次聚會再作詳細規劃，我看今天，你就陪弟妹回去吧！」

小軍望望佳佳，又望望眾人無賴地說：「我娶了妳，真是倒了八輩子霉，回去！回去！」

小軍像老鷹提小雞依樣，把佳佳拉了出去。

眾人啞笑。

娜娜究竟是年長點，中肯地說：「你不要看這個鄉下姑娘弱不禁風，其實她是以柔克剛，厲害得很呢？」

（十七）

冬梅餐廳，冬梅和素素準備早餐，桌面擺滿稀飯、饅頭、蒸餃、小菜，六個碗、六雙筷。

旭東著運動裝，自外歸來。

他隨手撿了一個蒸餃，放入嘴裡。

冬梅拍他的手說：「別嘴饞，到齊一起吃。」

旭東不解，望了妻子一眼。

素素說明原委：「媽說要開圓桌會議。」

這時莫依打著哈欠走入：「媽！早！」

冬梅：「不早了，已經七點了。」

掛鐘敲了七下。

冬梅：「莫依！妳上樓叫二哥、二嫂，還有妳姐下來吃飯，我有話要說。」

莫依怔住：「發生什麼事了？」

冬梅：「叫妳去，妳就去。」

莫依：「是，媽！」

莫依卻在樓梯中間大叫：「姐！二哥！二嫂！快來吃早餐。」

旭東：「我去換件衣服，馬上下來。」

旭東快步上樓。

冬梅吩咐：「順便敲敲他們房門。」

旭東：「知道。」

旭陽臥房，旭陽在穿衣，錢芳仍床上睡懶覺。

旭東敲了敲門：「旭陽！吃飯了！」

「還早嘛！催死催活的。」錢芳輕發牢騷。

旭陽：「昨天夜裡媽說了，今天早上，她有話要說。」

錢芳：「人家還在度蜜月呢？」

旭陽：「蜜月已過，我今天上班。」

錢芳：「旭陽！你先下去，跟媽說，我不吃早飯了。」

旭陽：「妳啊！妳這個懶蟲！」

錢芳在床上張開雙臂，旭陽俯下身，親了她一下。

冬梅、莫依、旭東、素素坐在餐桌上，望著空碗。

莫愁下樓來：「媽！早，大家早。」

眾人望她一眼未語。

冬梅說：「莫愁、莫依坐我身邊，左邊旭東和素素，右邊旭陽和錢芳。」

莫愁坐下慾動筷說：「你們怎麼不吃？」

莫依：「媽說人不到齊，不准開動。」
莫愁只好又放下筷，呆坐。
旭陽下樓到一半，聽莫依語，又趕快折回，他拉開毯子，把錢芳拖了起來，說：「快！快下去，大家等妳吃飯。」
錢芳：「我不吃，不行嗎？！」
「不吃也要下去。」旭陽說。
錢芳不快：「你們蔣家的規矩可多。」
旭陽：「媽從來沒有這麼認真過，動作快一點。」
錢芳動作也真快，攏攏頭，穿套裝，胡亂抹把臉，與旭陽開房門，下了樓了。
冬梅餐廳，冬梅鐵著臉坐在那邊。
旭陽和錢芳下樓來。
旭陽叫著：「媽！對不起，我們遲了。」
錢芳也敬畏起叫了一聲：「媽！」
冬梅這才微笑回應：「請坐！吃飯吧！」
素素添稀飯，第一晚奉給婆婆。
其他人搶著自己添稀飯，吃饅頭。
冬梅吃兩口，放下碗筷說：「你們吃飯，我有幾句話要說。」
眾人邊吃邊望著她。

冬梅看了看眾人然後說：「俗話說，國有國法，家有家規，我們家不是大家庭，談不上什麼家規，但因為你們都成家立業，而我們蔣家，馬上就要添丁、添孫，人口漸漸增多，我想談談我對這個家的希望，好不好？！」

旭東：「媽！妳說吧！」

冬梅：「昨天晚上旭陽跟我說，去找個保姆，我不贊成，我的手腳還動得了，想當年你們父親擇偶的標準是：手要勤勞、足要踏實，他說我合乎這個條件，所以他要了我，我勞動慣了，不勞動反而全身不自在，至於伙食方面，我想我們家，沒有一個白吃。」

眾人一笑。

旭陽：「媽！關於伙食，不要斤斤計較，誰收入好，誰就多拿一點出來就是了。」

旭東：「不！我建議平均攤派。」

莫依舉手：「我附議。」

冬梅又說：「其實我是離休幹部，每個月也有一點錢，只是怕不夠開支。」

旭東：「我建議媽的離休工資，由媽存起來，家用開支，由我們兄妹平均分擔，比方說，我和素素就分攤兩份。」

旭陽：「我同意。」

冬梅笑了笑說：「我是先小人，後君子，對不起，究竟需要多少？要等一個月後結算，才知道。」

莫依也提出問題：「媽！打掃衛生，洗碗也是大問題。」

冬梅：「對，我正要提出來，目前家事大多是素素和莫依來做，這也有欠公平，以後我看這樣吧，自己房間自己清理，其他地方由我這個老骨頭負責吧，至於洗碗，早上由素素洗，其他願意幫忙的幫忙，中午你們都上班我來做，晚上洗碗，在一家吃飯的也要輪流，我所以這麼提議，是要你們養成勤勞習慣，懂嗎？」

眾人點頭。

冬梅看了看莫愁說：「莫愁！你現在很少回家，外面捧妳是大明星，回家來，妳仍然是家裡一份子，妳要搶著做家事，妳和旭陽都想購買自備轎車，我看省一點吧，有這個需要嗎？汽車買得起，養不起，而且滿街都是的士，交通非常方便，不必擺場面，擺派頭，一個演員，主要是演好自己的角色，當然妳們兩人收入比較好。有錢好好存起來，以備將來不時之需，妳對我很孝順，常常塞一點錢給我，我會替妳存起來，作為將來的陪嫁。」

莫愁害羞低頭。

眾人一笑。

傳呼機響了起來。

旭陽看傳呼機，冬梅看了一眼說：「我也順便提一下，有點錢的人大哥大，沒有什麼錢的人傳呼機，上班族，青年人幾乎人手一機，蔚為風向。」

錢芳也在偷偷看傳呼機，連忙關掉。

冬梅又說：「我是覺得沒有必要，有事打電話就好了，何必去趕時髦，浪費國家電子資源。」

眾人低頭吃早餐。

冬梅吃了兩口，又說：「現在我們得國家改革開放之福，生活享受比以前好多了，你們是很幸福的寵兒，要知道感恩，至少應保持我們蔣家勤儉奮鬥的優良傳統，為了壤你們時時刻刻緬懷過去艱苦的生活，我特別把你們小時候穿的破衣褲洗乾淨，每人送給你們一套，旭東！請你發給他們。」

一套套衣褲用玻璃紙裝好，放在旁邊，旭東自己留一套，其他發給旭陽、莫愁、莫依。

他她們看著小時候衣褲，均有興奮狀。

冬梅：「新三年，舊三年，縫縫補補又三年，這句順口溜，雖然過份了點，但也表達那個時候生活之艱難。」

旭陽看手錶。

冬梅看在眼裡，怕延誤他們上班時間，做了總結：「總之，手要勤勞、足要踏實、志向要高，但生活慾望要淡，蔣家是快出頭了，蔣家將從你們手裡振興起來，我非常安慰。」

冬梅說完，頓了一下，突然雙手掩臉難過起來。
眾人一看意外，叫著：「媽！」
莫愁也含淚問說：「媽！妳怎麼啦？」
冬梅擦淚：「我是想到你爸，若是他還在，他該多高興！」
眾人望永正遺像，個個含淚注視。

（十八）

錢家客廳。
錢夫人站在那邊。
錢芳嫁出去第一次回家，她把禮物一放，就眼睛紅紅地向母親撲過去：「媽！我好想妳，好想妳。」
錢夫人意外問說：「怎麼？新婚蜜月還好吧？」
錢芳點點頭。
錢夫人：「那還難過什麼？高興才是。」
錢芳：「媽！蔣媽媽變了，完全變了。」
「變了？！怎麼變了？」
「以前她看到我都是客客氣氣的，現在我做了蔣家媳婦，態度完全不一樣了。」

錢夫人笑了笑說：「這是人之常情，意料中事。」

「為什麼？」錢芳不解。

「以前妳是客人，現在妳是蔣家成員，她把妳當自己人看了。」

「今天一早，我不到齊，她就不准大家吃早飯，然後分配工作，然後長篇大論，把我們訓了一頓。」

錢夫人：「噢！這樣看起來，江冬梅是有一套。」

錢芳：「媽！我想搬回來住。」

錢夫人摸著錢芳頭，安撫地說：「孩子！我只有妳一個女兒，妳不在我身邊，我確實是寂寞了點，可是剛嫁過去，就鬧著要搬出來，這不大好吧？」

錢芳擦淚：「那妳叫我在那裏受苦受難，我不要！我不要！」

錢夫人：「過一段時間再說，過一段時間再說，好不好？」

錢芳注視母親良久，再度投入母懷。

（十九）

上海市某區，仁愛社團心理輔導室，江冬梅是主要成員，而且最為有名，這天午後，江冬梅接聽電話：「是的，仁愛社團心理輔導室，我姓江，是的，有話請說，小姐，不要哭，天下沒有解決不了的事。」

這時崔英進來。

冬梅訝異，用手勢請坐。

崔英在冬梅對面坐下。

冬梅繼續電話：「對，妳最好親自來一趟，好的，好的，見面談。」

冬梅放下電話聽筒，怔怔往著崔英。

崔英：「沒有想到吧？！」

冬梅：「確實沒有想到。」

冬梅伸手相握，又倒了一杯水，遞給崔英，才問說：「崔英同志！有事？！」

「妳們是心理輔導，排憂解難？！」

「不錯，這是我們的宗旨。」冬梅答。

崔英：「我得聲明，事先我並不知道妳在這兒兼心理輔導老師，是妳們名氣太大了，我是慕名而來，而且妳知道，我也是向妳們求助，我來登記，登記的小姐推薦妳，我突然覺得這更好，我不必費口舌，我的事妳最了解，最明瞭。」

冬梅問清楚：「妳還是單身？！」

崔英點點頭。

冬梅：「妳還是深深愛著吳院長？」

崔英又點點頭。

冬梅：「難得，非常難得，妳的意思是想叫我替你們……」

崔英又點點頭：「這不會為難妳吧？」

冬梅：「不會，這怎麼會？我也很久沒有跟吳院長見面了，我替妳連絡看看。」

冬梅撥電話，對方接電話：「喂，我是吳力。」

「學長！我是冬梅。」冬梅說。

吳力：「冬梅！很意外妳怎麼會來電話？！」

冬梅笑著說：「向學長請安問好啊！」

吳力：「孩子們都好嗎？」

冬梅：「好，謝謝你。」

吳力：「冬梅！妳一定有什麼事？是吧？」

冬梅：「你知道，我在仁愛心理輔導室上班？」

吳力：「知道，你們的名氣不小。」

冬梅停頓俄頃才說：「謝謝，是這樣，今天來了一位女同志，年齡相當而且沒有結婚，學長！你目前有對象嗎？」

吳力：「不要開玩笑了。」

冬梅：「那如果你有興趣，可不可以來見一次面？」

吳力：「我？！」

冬梅：「這是機會，是個難得的機會。」

吳力笑了笑說：「好吧！就當我是來看看妳，下班後我來。」
冬梅：「我們等你，不見不散，等會見！」
冬梅掛了電話。
崔英問說：「吳院長真的要來？」
冬梅：「你不是聽見了？」
崔英：「妳這通電話不是假的吧？！」
冬梅正色答：「崔英！撇開我們以前的恩怨不談好嗎？我是在工作，盡我的義務。」
崔英：「我也很久沒有見吳院長了，我的心跳得很厲害。」
冬梅：「崔英同志！老實說，妳對愛的執著，我很佩服。」
崔英站起，看看手錶：「現在四點鐘，離下班還有一個多小時，我去洗個頭，做個頭髮吧。」
冬梅也站起：「好好打扮一下，再見！」
崔英走出。
冬梅重重噓了一口氣，坐了下去。
仁愛輔導小客廳，佈置幽雅，小圓桌上小花瓶插了一支玫瑰花，柔和的燈光，兩把椅子。
冬梅引吳力進來，微笑說著：「人生如戲，什麼角色都要扮演是不是？你請坐，我去請小姐來。」

冬梅轉身出去。

吳力四望室內，有些緊張，不時擦汗。

少頃，輕敲門聲，門推開，冬梅、崔英進來，崔英帶了墨鏡髮型也改了，衣著也改了，一時認不出來。

冬梅正式介紹，我來介紹，這是吳院長，這是仰慕吳院長多年的崔小姐。」

吳力心中有點生疑，但還是和崔英握了手。

冬梅：「你們好好聊，我在辦公室等你們。」

冬梅退出，拉上門。

吳力望崔英說：「妳姓崔？」

崔英點點頭，笑笑。

吳力：「為什麼不把墨鏡取下來？」

崔英這才取下墨鏡。

吳力意外：「呃？妳是崔英？！」

崔英用柔順的口吻說：「吳哥！我好想你，不得不用這個計。」

吳力氣得站起說：「崔英同志！你對我的感情始終不變，我很感動，但是這勉強不來的呀！我現在單身過慣了，輕鬆自在，妳為什麼一定要自討苦吃？對一個不愛妳的人，付出這麼大的感情，幹什麼？幹什麼？」

崔英難過地呆望：「我也不知道，我真的不知道。」

吳力繼續說：「我已經這麼大年齡，對這種事不再感到興趣了，我只想清淡渡過一生，崔英同志！我求妳，放了我吧！我是一個不值得妳留戀的人！」

崔英：「吳哥！我也明明知道這是沒有用的，是湖中撈月，是竹籃打水，可是我就是忍不住，你打我吧！你踢我吧！我是你的僕人，我是你的奴隸！」

崔英旋跪下，抱住吳力腿搖著。

吳力嚇了，聲音大了點：「崔英！崔英！妳理智點行不行？妳再這樣，我要叫人了。」

崔英這才站起，呆呆望吳力。

吳力：「妳為什麼這麼做，作賤自己，多不值得啊！」

崔英難過擦淚說：「你走吧！情緒我已經發洩了，我會舒服點，這是最後一次，以後我不會再纏住你了。」

吳力望了崔英一眼，正要走出，突然想起……「啊！崔英同志！我給你引荐一個人好不好？」

崔英有點詫疑：「什麼人？」

吳力：「一個醫生，他的愛人過世兩年了，他一直想續絃，是他陪我來的，正在對面咖啡廳等我，妳若有興趣，我馬上把他帶來。」

崔英有點心動：「吳哥！妳不是開玩笑吧？」

份。」

吳力：「我什麼時候跟妳開過玩笑？」

崔英：「好！我聽你的，反正我一切都聽你的。」

吳力真的帶來倪醫生。高高瘦瘦，一臉笑容。

冬梅與倪醫生握手：「倪醫生！等來的不如碰來的，說不定你們有緣

吳力卻在旁說明：「老倪！這個女人脾氣不太好，你可要想清楚。」

倪醫生笑著說：「沒有關係，我有專門治壞脾氣女人的偏方，準叫她服服貼貼。」

吳力：「那好，那請吧！」

冬梅引倪醫生到小會客室就離開。

吳力站在窗前沉思。

少頃，冬梅走出來。

吳力指責冬梅：「妳，妳，不是害我嗎？」

冬梅：「崔英指名道姓，我站在此時此地立場，我也是沒有辦法。」

忽然隔壁小客室笑聲傳來。

「倪醫生！你好壞！」崔英輕佻的聲音。

「是嗎？！哈哈……」倪醫生的笑聲。

吳力聽了後，笑逐顏開：「成了，成了，我總算找到替死鬼了！」

他想去摟冬梅。

冬梅躲開說：「我請你吃飯。」
吳力笑說：「還用我們自己破費嗎？」
兩人一笑。

（二十）

世廷臥房。永娟穿睡衣坐在梳妝台前梳頭，然後在腋下噴香水。
世廷提了皮包進來。
永娟連忙站起迎上：「回來了。」
她替他脫上衣：「又是一口酒氣。」
世廷：「唉！人在江湖，身不由己。」
永娟在世廷臉上親了一下。
世廷翻了翻眼：「嘿！今天不一樣，可不是有什麼事求於我？！」
永娟笑了笑：「別小人之心度君子之腹。」
世廷：「那就好，那就好，我去洗個澡。」
世廷拿內衣褲入浴室。
永娟有心事踱步。
敲門聲，永娟去開門。
小軍進來，輕問：「媽！妳提了沒有？」

永娟手指著浴室輕說：「他比猴子還精，我剛要提，他就擋回來了。」

小軍仍咬耳朵：「妳跟爸爸分析利害得失，趁現在還在台上，不以權謀私，等待何時？」

永娟：「好，我知道了。」他把小軍推出門，又踱步上床。

小軍臥房，小軍與佳佳小倆口對話。

佳佳問說：「你真要開俱樂部？！」

小軍鼻孔聲：「嗯哼。」

佳佳：「那要不少錢呢？」

小軍：「我正在想辦法，嗳，妳懂什麼？妳少管我的事好不好？」

佳佳：「我爸媽說了，我們鄉下人都是嫁雞隨雞，嫁狗隨狗，你的事難道就不是我的事了？」

小軍有點火：「妳真嘮叨，鄉下老太婆，我告訴妳，現在時代不同了，我要想辦法賺錢，妳沒有聽到外面的順口溜：「低頭向錢看，抬頭向錢看，只要有錢看，才能向前看。」

佳佳：「錢、錢、錢，我乾媽說了，居家過日子就好了，要那麼多錢幹什麼？生不帶來，死不帶去。」

小軍變臉：「好，現在開口是乾媽，閉口是乾媽，乾媽放個屁都是香的，妳沒有看見我舅媽的女兒、兒子都發了，我要超過他們，妳懂不懂？！」

佳佳：「你不是有貿易公司？！好好做就好了！」

小軍：「世上人哪有嫌錢多的，笨女人！」
佳佳：「萬一虧了呢？」
小軍：「呸！呸！妳出我霉頭？」
佳佳嘴一扁。
小軍：「好、好，我不跟妳說了。」

世廷臥室，世廷上床。
永娟特體貼，抱他、親他。
世廷不領情：「今天我很累，我想睡了。」
世廷打了哈欠，轉身閉目。
永娟想扳他又止，坐起考慮俄頃說：「世廷！你睡了嗎？」
世廷假打鼾。
永娟自語：「哪有這麼快，就睡著了，我不信。」
永娟看他眼，巧好，世廷睜眼，被永娟逮住。
永娟：「你好壞！你好壞！」
世廷：「我就知道妳今天對我體貼，是糖衣毒藥。」
永娟：「我是有正經事跟妳商量。」
世廷：「好吧！妳說吧！」
永娟問說：「你還有多久退休？」

世廷：「大概還有兩年多吧！」

「退休了，上面會安排你什麼工作？」永娟繼續問。

「誰知道，多少離休幹部，還不是在家裡孵豆芽。

永娟：「所以，我是提醒你，你要為以後打算，一個人沒有遠慮，必有近憂。」

「嗯，說得有道理。」世廷同意。

永娟：「你兒子要開俱樂部，你贊成嗎？」

世廷：「他有出息，我很安慰。」

永娟：「你是故意顧左右而言他。」

「妳的意思是……」

「小軍要我投資。」永娟說。

「好呀！妳不是存了不少私房錢？！」

「我那一點怎麼夠，他是要開國內最大的俱樂部，包括餐廳、小吃，鋼琴酒吧、舞廳。」

「規模不小。」

「我盤算過，開業至少要一百多萬，現在東借西湊，還差五十萬。」永娟說。

世廷：「這是一筆不小的數目。」

永娟：「所以要請你這個老子，又是大總經理幫忙。」

世廷：「不要開玩笑，我哪有這麼多錢？！」

永娟：「你們公司沒有錢？！」

「那是公款，我怎麼能挪用？」世廷說。

永娟緊逼：「你腦袋瓜子就太笨了，你不可以暫時借用，等開業後，賺了錢，馬上歸還，神不知鬼不覺。」

世廷有點被說動：「暫時借用？！」

永娟：「對了，上次你不是挪用一筆小錢，後來歸還了，一點事也沒有。」

世廷：「但是這筆錢太大了。」

永娟：「不是大數目，誰推你為董事長？」

世廷連忙說：「不行，不行，我還是現職，不能掛名外面董事長！」

永娟用手指世廷：「你啊！腦筋是豆腐渣做的，當然掛名是我，實際是你。」

世廷：「難怪你這麼熱心，原來你被董事長的頭銜沖昏頭腦了。」

「你究竟是答應不答應？」永娟緊逼。

世廷：「我，我……」

永娟：「你若不答應，我會把你以前那本舊帳攤開，看看你幹得了、幹不了？」

「妳，妳，這不是逼我上梁山嗎？」

「我是為你，為我們這個家。」

世廷不言。

永娟又逼了一句：「怎麼樣？」

「讓我考慮考慮吧！」

「這還差不多。」永娟親了世廷一下，意氣風發地笑了笑。

小軍、史威、老周三人猛吸菸。

一個高檔酒吧。

娜娜攪咖啡沉思。

史威說：「那就是說。你家老頭不一定會投資。」

小軍：「我媽正在努力，我想，八成是有希望的。」

娜娜：「最近有一家高檔俱樂部開業了，生意好得不得了。」

史威：「小軍，當初你提這個計畫，我還半信半疑，在我們國家來說，有錢人究竟是少數，哪有這麼多人來消費，現在證明你的構想是對的。」

小軍聽到史威這麼說，心頭很爽：「你們現在服了我吧，我們國家已經計劃經濟走向市場經濟，消費才能帶動繁榮，而且，上海得天獨厚，是個高商業大碼頭，多少國家看好這裡，開公司、設工廠，他們辛苦了一天，夜裡要不要輕鬆一下，所以高檔俱樂部，應運而生。」

娜娜：「還有利用你父親的關係，吃公款的，到咱們俱樂部吃套餐，八折優待，飯後跳跳舞或叫幾位小姐在鋼琴酒吧聊天，一條龍服務，我看是有前途的。」

小軍深思熟慮說：「各位！為了使我爸媽相信，你們也投資部分行不行？」

史威首先響應：「行！我只能拿十萬。」

娜娜跟進：「我也十萬。」

老周：「我也十萬。」

小軍伸手，四人握在一起，他意氣風發地說：「有志一同，鴻圖大展！」

宏偉的"羅密歐俱樂部"開業了，長長的爆竹響著。

永娟、小軍穿了禮服，胸前戴佩花剪綵。

史威、娜娜、老周在旁照料。

賀客盈門，場面熱鬧。

羅家正在慶祝俱樂部開幕營業。

（二十一）

蔣家第二代旭東與素素的結晶，第三代嬰孩誕生了，舉家歡欣。

冬梅親自接生，她走出產房對旭東說：「旭東！恭禧你，你生了個胖小子。」

旭東感動，雙手掩臉喜極而泣。

「哥想兒子想瘋了，怎麼不高興？」在一旁的莫依笑說。

冬梅：「這孩子。」然後又對旭東說：「可以進去了。」

旭東向母看了一眼，即推門入內。

莫依扶了母親：「媽！妳累了吧！」

冬梅：「還好，很順利，平時我就叫素素多走走，對生產有好處的。」

「什麼時候可以回家？」

冬梅：「總要三天吧！」

三日後，素素回家，冬梅抱了嬰孩。

旭東提了衣物攙素素進來。

素素先坐下，冬梅替她加衣。

莫愁、莫依、旭陽、錢芳湧上。

莫愁：「大哥！大嫂！恭禧啊！寶寶好漂亮，像爸爸一樣英俊，這是姑姑給小寶的見面禮。」

莫愁拿出一串金項鍊，掛在嬰孩脖子上。

素素答謝：「謝謝！」

莫依也拿了紅包：「這是小姑姑的見面禮。」
素素：「謝謝小姑。」
旭陽也包了一個大紅包：「這是叔叔和嬸嬸的見面禮。」
素素：「謝謝叔叔嬸嬸。」
莫依搶抱嬰孩。
莫愁也搶抱過去。
錢芳有感處，站一旁。
嬰孩哭了。
冬梅提醒說：「孩子大概餓了，素素！妳給她餵奶。」
素素接抱嬰孩，轉身，解衣餵奶。
冬梅又說：「旭東！為了素素調養方便，素素暫時睡在我房裡，我睡在你們房間。」
旭東感謝母親設想週到：「好的！」旭東把衣物提去入內。
莫愁：「媽！孩子還沒有取名字吧？！」
素素搶答：「還沒，請各位長輩想想取什麼名字好？！」
莫依：「那就請媽取個名字好了。」
冬梅：「我想過，不知道你們同意不同意？」
莫愁：「那說出來聽聽！」
冬梅頓了頓說：「取名蔣日正，日月的日，正當中的正，怎麼樣？」

旭陽：「好！媽真有妳的，老子是旭日東昇，兒子自然是日正當中了。」

眾人鼓掌通過，皆大歡喜。

這時永娟提了禮物進來。

永娟：「大嫂！妳們家好熱鬧。」

眾人叫著姑姑。

冬梅問說：「今天怎麼有空？」

永娟：「聽說今天素素回家來了，我來看看寶寶。」

素素把孩子遞給永娟，永娟笑看孩子說：「嗯，這個孩子天庭飽滿，地角方圓，是個福相。」

素素：「謝謝姑婆。」

永娟開心：「我做姑婆了，哈哈！我做姑婆了。」

冬梅笑說：「妳還以為我們還年輕？我們老了。」

永娟將孩子還給素素，然後拿出一個紅盒子，取出一個金鎖片說道：「這個給孩子，祝福他長命富貴。」

旭東連忙走近道謝：「謝謝姑姑，禮太重了。」

永娟：「不，我還嫌不夠呢，這孩子，是我們兩家第一個孩子啊！」

冬梅招呼：「坐！請坐！」

永娟說：「最近和小軍開了一家俱樂部，你們要來捧場啊！」

莫愁：「好，一定來。」

永娟取出名片，一人一張。

眾人看著。

莫愁叫起來：「哇！原來姑姑是董事長！」

永娟：「莫愁！開幕那天，本來想請妳來剪彩的，後來打聽妳在東北拍戲，連絡不上，我只好放棄了。」

莫愁：「我若是事先知道，一定趕回來，共襄盛舉，祝姑姑日日客滿財源滾滾！」

永娟笑答：「謝謝！謝謝！」

錢芳看了名片說：「這個俱樂部規模不小。」

永娟說：「在上海來講，不是排名第一，也算是排名第二吧，錢芳！妳一定要來捧場啊！」

錢芳：「那是一定的。」

嬰孩哭了，冬梅連忙抱著哄孩子。

錢芳看了不是味道。

永娟告辭：「好了，我走了。」

冬梅欲留：「走？！不吃飯就走了？！」

永娟：「沒有辦法，我現在一天忙到晚，連一些牌友都疏遠了。」

冬梅：「可不是，我忘了妳現在是大董事長了。」

眾人一笑。

（二十二）

旭陽臥室，錢芳心事重重站在窗前。

旭陽進來一看問說：「芳！妳怎麼啦？！」

錢芳：「沒事。」

旭陽：「我看得出，妳一直悶悶不樂。」

錢芳：「旭陽，你想，將來我若是生了孩子，媽也這麼重視嗎？」

旭陽用手指點了點錢芳額：「妳們女人就是小心眼。」

錢芳：「媽有風濕痛，行動不便，現在為了素素，把自己的房間讓出來了，而且對素素呵護備至，我好羨慕。」

旭陽：「妳也生一個。」

錢芳露出笑容，追逐旭陽：「好，你壞！你壞！」

他們倒在床上，旭陽擁吻她。

錢芳坐起，攏攏頭問說：「媽下個月是不是五十歲生日？」

旭陽：「大概是吧，妳問這幹什麼？」

錢芳：「沒有什麼。」

旭陽愣在那邊。

素素坐在客廳，一邊打著將完工的圍巾。

少頃有人按門鈴，素素去開了門，披頭散髮的老丁，提了一盒嬰孩服裝進來。

素素驚喜：「是爸，你怎麼來了?!」

老丁：「聽說妳生了外孫了，我來看看外孫啊！」

素素抱起嬰孩說：「我本來想滿月以後，才抱去見你，寶寶！叫外公！」

老丁：「讓我抱抱。」

老丁接過嬰孩，小心翼翼抱著，唱著兒歌：「搖搖搖，搖到外婆橋……，咦，他笑了，笑了，嘻嘻。」

素素將嬰孩放在搖籃裡：「爸！你請坐，吃過飯了沒？」

「吃了，我特別挑這個時候來的。」老丁說。

素素：「你是怕見其他的人？」

老丁點點頭。

素素：「爸！你幹嘛要這麼自卑，你是救別人受傷的，我們又沒有嫌你。」

老丁撩起長髮，一道長長傷疤。

老丁：「唉！為了這道傷疤，我躲躲藏藏不敢見人。」

素素說：「爸！千萬別這樣，莫依還常常提起，你救了她，她本來想跟我一起去看你的。」

老丁：「妳婆婆、旭東他們都好吧？」

素素：「好的，婆婆閒不住，又在仁愛心理輔導室上班。」

老丁：「妳婆婆是好人，也是勞碌命，每個月她總要來看我一次，又塞我一些錢。」

素素：「看你是應該的，當初是他們答應的，要奉養你一生。」

老丁看看嬰孩說：「看了外孫，我就放心了，這套小衣服給孩子。」

素素：「爸！你還破費，真是的？」

老丁站起：「我要走了。」

「你才來就要走？」素素有點不捨：「爸！你等一下。」

素素入內。

老丁逗著嬰孩。

少頃，素素步出，手禮捏了小紙包：「爸！這個拿去。」

老丁怔了一下：「妳婆婆給我的錢，我還有。」

素素：「那你留著零用，只是酒別喝太多了。」

老丁：「這，這，」他收了錢，正要放入口袋。

門推開，錢芳進來，看了一眼，心知肚明。

素素連忙介紹：「這是我父親！」

錢芳招呼：「伯父好！」

老丁：「那我回去了，再見！」

老丁辭去。

錢芳這才說：「大嫂！妳真是一個好女兒呀！」

素素一怔。

錢芳：「大嫂！過幾天就是媽的生日，旭陽說，我們要給他老人家熱鬧一下。」

素素拾起圍巾：「是啊！旭東也這麼說。」

素素抱起孩子，走到窗前，望著父親走去背影，她眼濕了。

（二十三）

喬治家，小娟在勤讀英文，門鈴聲傳來。

「誰啊？」小娟問。

錢芳答：「小娟，是我。」

小娟去開了門，錢芳進來，兩人熱烈擁抱。

小娟說：「錢芳！想死我了。」

「我也是，我也是。」錢芳說。

「錢芳！妳還好吧？！」

錢芳點頭微笑：「小娟！妳呢？」

小娟搖頭。

錢芳疑惑：「怎麼啦？」

小娟用手指了指客廳：「妳看看就知道了。這是一個美國佬的家。」

錢芳這才四望，客廳小，沒氣派，都是舊傢俱。

「美國人比較節省。」錢芳只好這麼說。

小娟：「不是節省的問題，而是天生小器，比起中國人窮酸多了。」

「沒請保姆？」錢芳又問。

小娟搖頭：「喬治說兩個人有手有腳，自己動手，幹嘛請保姆？！」

「哈！跟我婆婆一個論調。」錢芳笑說。

小娟：「我舅媽也這麼省？但是中國人省，是因為傳統美德，外國人省，就是小器，妳看看吧，都是舊貨攤買來的傢俱，全是臨時湊合的。」

錢芳：「他大概是不打算在中國常住？！」

小娟：「聽說他們美國人是三年一輪調，三年後就回美國去了。」

錢芳：「這不是正合妳的意思？！」

「我也是一切看準這點，有時候眼淚往肚子裡流，也是為了這個。」

錢芳：「那吃飯呢？」

「有時自己燒，大多他買合飯或麵包什麼充飢。」

「這就太過份了，難怪妳瘦了。」

「結婚以前，他每天一束鮮花，結婚以後，緊勒褲帶，我很少回家，是自己找的，怪誰？怨誰？錢芳！我父母問我婚後情形，我還強裝歡笑，只有向妳吐吐苦水。」

錢芳聽後極為同情，抓住小娟雙手說：「生活條件是差一點，喬治愛是愛妳的，是吧？！」

小娟掉下眼淚。

錢芳吃驚又抓住小娟手：「小娟！妳怎麼啦？」

小娟低頭：「我真說不出口。」

「妳是說……」

「妳看！」小娟捲起雙手袖子，手臂上傷痕累累。

錢芳：「怎麼回事？妳受傷了？」

小娟轉身說：「每次做愛，他都綁我雙手。」

錢芳極為驚訝：「天哪！這不是性虐待狂嗎？是不是美國人都這樣？」

小娟：「不，我認識幾個美國人娶了中國妻子，很愛他妻子，家庭很幸福。」

錢芳極為同情：「小娟！那妳怎麼這麼倒楣？！」

小娟：「是我太急著出國，沒有好好交往。」

錢芳緊抱小娟哭了起來：「小娟！妳好可憐！」

小娟擦淚：「錢芳！妳答應我，不要告訴任何人，包括旭陽。」

錢芳點頭。

小娟：「好了，不談這些，談點愉快的事吧。」

這時喬治抱了食物紙袋進來。

小娟迅即擦了擦眼淚，強裝笑臉迎上：「達令！回來了。」

「達令！」他倆左臉親一下，右臉親一下，狀似親熱。

喬治這才看見錢芳：「哦，家裡來了客人了。」

錢芳走前一步伸手相握：「哈囉！喬治！」

「哈囉！錢芳小姐！今天什麼風吹來的？！」

錢芳笑說：「冬天當然是東北風啦！」

喬治兩手一攤：「那怎麼辦？事先我不知道錢芳小姐要來，買來吃的，只夠兩個人吃。」

錢芳大方：「這樣吧！小娟媽開的俱樂部，我還沒有去過，我做個小東，請妳們賢伉儷吃飯，ok？！」

喬治喜形於色：「妳請我們吃飯，不吃白不吃，當然ok！」

小娟內心不滿，看了喬治一眼，又望了望錢芳說：「妳到我家來，理應我們請客。」

錢芳：「不管誰請，去了再說吧！」

小娟：「也好，我也很久沒有看見媽了，妳坐一下，我去換件衣服。」

錢芳：「請便。」

永娟掛名開的大型俱樂部，門口燈光閃爍。

一輛的士到來，下來喬治、小娟、錢芳。

永娟盛裝在門口等候。

小娟連忙趨前叫著：「媽！」

喬治叫著：「岳母大人。」

錢芳叫著：「羅媽媽！」

永娟說：「我接到小娟電話，說妳們要來，我就在門口等了，怎麼這麼遲才到？」

小娟：「路上堵車。」

永娟：「我想也是，這個時候剛好是高峰期，必然現象。」

喬治笑臉相迎：「還勞岳母大人在門口等，真是不好意思。」

永娟也笑說：「沒有關係，等會妳們多消費一些就好了。」

眾人一笑。

永娟用手作態：「請進吧，我帶你們參觀一下。」

錢芳：「謝謝！」

他們經過餐廳，佈置不錯，但食客不多。

永娟又帶他們去鋼琴酒吧，女服務生站起，行禮，無客人。

再至舞廳，有幾對客人在跳舞。

永娟：「錢芳！妳試試看，我們的舞池是彈性的。」

錢芳上去踩了踩：「嗯，真的有了彈性。」

永娟：「不是我誇口，有了彈性的舞池，在上海還不多，去餐廳吃飯吧！」

喬治：「好，好，我肚子早就拉警報了。」

錢芳一行，彷彿一吃完飯，在咖啡廳小歇。

喬治用手掩嘴，用牙籤剔牙。

永娟：「錢芳！真不好意思，還讓妳破費！」

錢芳：「羅媽媽！別這麼說，我說過要來捧場的。」

小娟望了望母親：「媽！好像生意不大好？！」

永娟：「時間還早，九點後客人就多了。」

喬治：「這個地方會不會太偏了點？！」

永娟：「不會，這是市中心，不過最近那邊修路，影響交通。」

小娟又說：「媽！俱樂部規模大，員工多，每天開支不少吧？」

永娟回說：「孩子，這是做大生意，不能以一兩天得失來評價。」

這時小軍一頭汗進來。

喬治耳聰目明，一見，叫了起來：「總經理來了。」

小娟、錢芳也招呼著。

小軍：「錢芳最近好嗎？現在妳是蔣家媳婦，蔣旭陽經理夫人。」

錢芳：「哪能跟你比，你現在是上海最大俱樂部的大總經理。」

小軍：「整天調頭寸，一個頭兩個大，媽！我跟你說幾句話。」

永娟站起與小軍走到一邊，低聲說著：「什麼事？」

小軍：「今天結帳，這一個月下來虧損不少。」

永娟變臉：「那怎麼辦？」

「第一員工太多，要裁員，第二，要另找財源。」小軍答。

永娟不解：「什麼意思？」

「我跟史威、娜娜研究了一下，非常時期，得用非常辦法。」

「我不懂。」永娟搖頭。

小軍：「來我們俱樂部消費的，大多是港澳台胞，及華僑，他們內心寂寞，我們針對這一點提供服務……」

「這個……」永娟思考。

「我已經叫娜娜去鄉下物色姿色好的女孩子，我們訓練她、培養她，變成我們的搖錢樹。」

永娟：「嗯，這個構想不錯，只怕……」

「我已經和有關單位好友，打過招呼了，再說，我們是俱樂部，顧名思義，俱樂部交朋友，是理所當然的。」

永娟被說動：「好吧！你們物色年輕的，我物色年紀大的，雙管齊下，你爸在催了，那筆錢不可墊太久，聽說上面下個月可能會查帳！」

小軍：「我知道，我知道。」

小軍跟喬治他們揮揮手，打了個招呼走了。
錢芳站起：「羅媽媽！我還要上街買點東西，我先告辭了。」
永娟：「有空就來坐坐。」
小娟：「我送你到門口。」小娟挽著錢芳走出。

（二十四）

今天是江冬梅五十歲生日，子女媳婦忙著為她慶賀。一個大蛋糕，插了未點燃的五支紅色蠟燭。
這時旭陽奔進說：「媽回來了。」
旭東：「那我們快點好蠟燭，站在門口列隊歡迎。」
他她們點好蠟燭，再站成一列。
冬梅推門進來。
旭東等歌聲起，一邊拍著手：「祝您生日快樂！祝您生日快樂……」
甚出冬梅意外，他感動地望著他們：「你們這些孩子！你們這些孩子！」
歌聲畢，眾人簇擁著冬梅。
素素錢芳叫著：「媽！祝您生日快樂！」
旭東、旭陽：「媽！祝您壽比南山，福如東海！」

莫依親了冬梅一下：「祝媽生日快樂！」

冬梅含淚說：「你們這是幹什麼？媽自己都忘了。」

莫依：「我知道，媽是以工作來代替慶祝。」

「人生七十才開始，我這個小生日算得什麼？」冬梅說。

旭東：「媽！我們不過弄點小菜，借這個機會聚一聚。」

冬梅望了望眾人：「嗯！目前你們都是大忙人，的確是難得聚在一起，除了莫愁在西安拍戲，其他人都到齊了。」

莫依呈一封電報：「媽！這是姐姐打來的賀電。」

冬梅含淚看電報：「這孩子。」

旭陽：「媽！把蠟燭吹熄吧，我們先吃飯，然後分蛋糕。」

冬梅：「好，好。」

大家幫冬梅吹熄燭，鼓掌。

莫依乖巧，搶先送了禮物，把一枚精緻別針，別在母身上。

旭東、旭陽也送了一個紅包。

旭東：「媽！這是我一點小意思。」

旭陽：「媽！這是我的。」

冬梅一一接受：「謝謝！過生日這麼好，我天天過生日好了。」

眾人一笑。

旭陽向錢芳暗示。

錢芳神秘兮兮說：「媽！您猜我送您什麼禮物？！」

冬梅：「不用了，不必破費。」

錢芳：「東西都買好了，我上樓去拿啊！」

錢芳上樓，素素也入房。

冬梅望他們。

「錢芳買的東西，連我也不准看，說要給媽一個驚喜。」旭陽說

冬梅：「噢！是嗎？！」

錢芳捧著兩小盒、一大盒下來。

眾人望著。

錢芳先呈上兩小盒：「這是我爸爸送您的，這是我媽媽送您的。」

冬梅收下：「謝謝，真不敢當。」

錢芳捧個大盒呈上：「媽！這是我孝敬您的。」

冬梅捧住大盒：「這是什麼？」

錢芳：「媽打開看就知道了。」

冬梅將大盒放在桌面上，打開盒，拿出來一看，原來是一件貂皮大衣。

錢芳有期待嘉許的心情，其他人驚訝。

冬梅笑容臉上消失了，問說：「錢芳！這件貂皮大衣不少錢吧？！」

「也沒有多少，人民幣四萬多塊。」

「太貴重了，我，我不能接受。」冬梅說。

錢芳一怔：「媽是說……」
冬梅：「謝謝妳的好意，妳看我這一身……」
冬梅將大衣裝入盒。
錢芳差一點哭出來：「可是我已經買來了呀。」
冬梅：「聽我的話，拿去退掉，我實在沒有適當的場合，穿這麼貴重的大衣。」
錢芳：「這……」
冬梅又說：「再說，這也太奢侈了，太浪費了！」
錢芳雙眼含淚辯著：「媽！這是我自己的私房錢買的，並沒有花旭陽的一個錢，我是想討好媽呀！」
冬梅拍著錢芳肩：「我知道，媽心領了，謝謝妳了啊！」
錢芳還想說什麼，旭陽拉了拉她衣，阻止她再說什麼。
這時素素呈上一條圍巾：「媽！我沒有什麼貴重的東西送給您。」
莫依：「媽！您圍上看看。」
冬梅圍上圍巾，眾人觀看。
旭東：「啊！好漂亮！」
冬梅自己看了看，摸了摸也喜歡：「嗳！是不錯。」
可是錢芳自認失了面子，憤怒地含淚，望了一陣，拿起大衣奔上樓了。
眾人叫著。

旭陽：「錢芳！錢芳！」

冬梅也叫：「錢芳！錢芳！」

旭東：「弟妹！弟妹！」

旭陽看母。

冬梅向他暗示上樓：「告訴錢芳。媽不是故意的，決不是故意的！」

「錢芳！錢芳！」旭陽叫著上樓。

旭陽臥房，大盒子丟在地上。

錢芳氣地趴在床上，敲床：「還說不是故意地，當著那麼多人，不但不感謝我，反而給我難堪？！」

旭陽站一邊：「妳輕點行不行？」

錢芳更大聲叫著：「我就是故意要說給他們聽！」

旭陽勸解：「其實媽說的並沒有錯，妳這件大衣，媽沒有場合穿啊！」

錢芳站起來憤怒地說：「啊！那這件大衣，是做來給人看的？是做來展覽的？！」

旭陽：「我是說，媽他老人家一向節儉樸素，妳看她什麼時候穿過一件好的衣服？」

錢芳：「我真是見到鬼了，拍馬屁拍到馬腿上了！」

旭陽臥房門開著，樓上的說話，樓下的人聽得一清二楚。

旭陽還是勸著：「我不准妳說這樣的話！」

「難道我說話的自由都沒有了？我受一肚子氣，我要發洩！」

「是妳自己故做神秘，若是早跟我商量，也不會發生這樣的事！」

錢芳又大聲說著：「誰知道你們家裏的人，都是不知好歹的！」

旭陽火了，大聲斥喝：「住嘴！」

「你敢怎麼樣？你敢動我一根汗毛，我們法院見！」

冬梅聽了，心如刀割，頻頻搖頭，痛苦極點。

旭陽怕事情擴大，用溫和的語調勸導：「錢芳！妳冷靜點好不好，媽不是故意，她是教我們節儉，不要浪費。」

錢芳：「我什麼時候浪費過了？我們結婚快一年了，我添過多少東西，你說！你說！」

旭陽拉開衣櫃……二十幾雙皮鞋，十多個皮包，滿滿地衣服，散滿一地。

旭陽氣說：「妳自己看好了，妳買了多少衣服？妳買了多少裙子？多少皮包？多少雙皮鞋？」

「妳懂個屁，女人的東西，今天改個式樣，明天變個花樣，我不趕上時髦就是落伍，再說，這也用不到花多少錢？」

「不是當用的東西買回來，就是浪費。」

「蔣旭陽！你把耳朵打掃乾淨聽清楚，我並沒有花你們家一毛錢！」

錢芳擦了擦淚水，拿皮箱整理衣物。

「妳這是幹什麼？」旭陽質問。

「我要回家去住幾天！」錢芳說。

「不行！妳不要無理取鬧！」旭陽吼著。

錢芳哭著說：「誰無理取鬧？！我送她貂皮大衣是孝順她、尊敬她，一心想討她的好，想不到得到的是一盆冷水，而別人送了一件不值錢的圍巾，她卻當成寶貝，這分明是偏心！」

旭陽一怔：「妳說夠了沒有？」

「沒有。」錢芳說：「今天我要把什麼話都抖出來，旭陽！你仔細想想，你在你母親心上的份量，有你大哥一樣重嗎？」

旭陽怔住了。

「你大嫂把什麼東西都送給娘家，只有我，從娘家拿錢回來，可是在你母親心裡，大嫂什麼都是好的，什麼都是對的，只有我不好，只有我不對，偏心！這是偏心！」

樓下眾人聽了這些話，冬梅痛苦極點，其他人氣憤。

莫依首先不忍：「媽！我實在聽不下去了。」

旭東：「媽！我上去質問她……」

素素忍不下去了，終於哭奔入房。

旭東連忙叫著：「素素！素素！」

冬梅痛心：「太想不到了，太想不到了！」她站起，幾乎昏倒，旭東、莫依連忙扶著，叫著：「媽！媽！」

這時錢芳提了皮箱下樓來。

旭陽後跟大叫：「錢芳！錢芳！」

眾人望著錢芳。

錢芳停了一下，將要出門，素素從臥房衝了出來，攔住錢芳有力地說著：「妳等一下，有一件事，我非說清楚不可，妳說我什麼都拿回娘家，那是不正確的，不錯，前兩天，我爸來了，是拿了一點錢，那是因為他老人家一個人在鄉下，我又很少去看他，女兒孝順父親一點零用錢，有什麼不對？再說這是我自己的私房錢，並沒有動用家裡的開支。」

旭東指責旭陽：「旭陽！弟妹也太不像話了，妳應該好好管管她！」

旭陽反駁：「大哥！不用你多嘴！」

「不是我多嘴，錢芳不該在背後挑撥是非！」

素素阻旭東：「旭東！你不要說了。」

旭東義正詞嚴：「不，我是大哥，我有責任說句公道話，旭陽見到老婆太懦弱了。」

旭陽本來是個懂事的孩子，兄友弟恭，不料被妻子一鬧，也出言不遜：「好，我懦弱，你就不認我這個弟弟好了！」

冬梅再也忍不住了，重重拍著桌子：「旭陽！住嘴！」

眾人一怔。

旭陽火上加油：「媽！人家說妳偏心，今天我才相信。」

莫依急說：「二哥！你怎麼可以對媽媽說這種話？」

冬梅氣急，雙淚直流，頻頻搖頭：「什麼？旭陽！你居然懷疑媽對你們的愛，你說媽的心沒有擺在當中？好！你們全在這裡，你倒說說看，媽哪件事處理不公？媽哪件事厚此薄彼？！」

莫依：「媽！二哥無意的，妳不要傷心了。」

冬梅：「在我心目中，我一向認為你們兄弟很友愛，想不到竟然在我面前，反目成仇！」

旭東擦淚：「媽！我錯了，我太衝動了！」

素素半跪在冬梅身前說：「妳老人家不要生氣了，都是我惹出來的。」

冬梅擦淚說：「我不只一次告訴你們，我們中國講究父慈子孝、兄友弟恭，妯娌間和睦相處，互敬！互愛！」她心痛地敲著木桌：「可是想不到，這件事竟然發生在我們家裡，太使我失望了！太使我失望了！」

旭陽也擦淚：「媽！請原諒我，我不該頂撞大哥！」

冬梅鐵臉說著：「媽向來公正無私，好就是好，壞就是壞！素素孝順父親，給點零用錢，正是表現中國傳統美德，她並沒有錯！」

錢芳仍倔強站在那邊。

冬梅擦了淚又說：「再說今天妳們為我過生日，我當然很高興，尤其錢芳送我那件名貴大衣，我更是感動，錢芳！我要妳拿去退掉，實在是我沒有適當的場合穿啊！現在改革開放，經濟逐漸繁榮，畢竟我們賺錢不多，生活並不是很富裕，我們還是要節儉，不要奢侈浪費，不要貪圖享受，不過錢芳，媽真的感謝妳，真的……」冬梅說不下去了，摀臉輕泣。

錢芳終於受了感動，放下皮箱，怔了一會，撲向冬梅半跪了下去：「媽！我錯了，我誤會媽的意思，其實我處處地方學您的為人處世，討您歡心，這次媽生日，我送你一件最好的禮物，讓媽高興，誰知道反而弄巧成拙。」

冬梅撫其髮，撫其手。擦了擦淚說：「孩子！起來吧！媽明白妳的心意，其實媽很喜歡妳，妳跟素素都是媽的好媳婦，妳們全是我的好子女，手心是肉，手背也是肉，我都是一樣疼愛，怎麼會偏心呢？呃？！」

錢芳大慟叫著：「媽！媽！」

冬梅扶錢芳站起，帶淚微笑。

（二十五）

世廷客廳，永娟得知冬梅過生日，不來俱樂部，心中不滿：「過生日，也不到我們俱樂部來過，真是小器。」

佳佳：「我是今天上午與我乾媽通電話，才知道的，聽說為了錢芳送一件貂皮大衣，還弄得全家不愉快。」

永娟：「妳乾媽就是哪個死腦筋，換了我，求之不得。」

小軍玩笑：「佳佳！今年媽生日，妳也送一件貂皮大衣吧！」

佳佳：「什麼貂皮、鼠皮，我見都沒見過。」

永娟不滿地望了望佳佳，轉移話題：「小軍！娜娜那邊人找到沒有？」

小軍：「要多少，有多少。」

永娟：「那好，我已經把那個台胞的底細，摸得一清二楚，這個台胞是廣東人，年齡不小了，想在大陸物色對象，我已經跟他說妥了，介紹成功，介紹費五千元，女方也應該出兩千，一對七千，十對七萬，二十對十四萬。」

小軍伸了伸胳膊：「嗯，這個生意可以做！」

佳佳心直口快說：「我乾媽說了，真是婚姻還可以，若是存心騙人家的錢，那是缺德事，要我勸勸妳們打消這個念頭。」

永娟變色對小軍說：「小軍！以後好好管一管你老婆的舌頭！」

佳佳一聽，嘴巴扁了扁。

永娟看了看手錶：「小軍！走！我們去辦正事。」

小軍總經理辦公室，當然有派頭，四個女人坐在那邊，等候總經理、董事長見面派遣。

燕燕是四十多歲的女人，風韻猶存，其他四位小姐比較年輕，她們都經過打扮，坐在那邊。

門推開，娜娜陪同永娟、小軍進來。

五位小姐站立相迎。

娜娜：「小姐們！我來介紹，這是羅總經理。」

五小姐同聲：「總經理！好！」

小軍：「好！」

娜娜又介紹永娟：「這是我們董事長！」

五小姐同聲：「董事長好！」

永娟：「好，好，請坐！」

五位小姐坐下。

娜娜拿紙給永娟：「這是五位小姐的簡歷。」

永娟看了一眼，拿把椅子坐在辦公桌前面。

永娟招呼：「娜娜小姐！妳也請坐。」

娜娜拿了椅坐下。

永娟一個個看，然後說：「娜娜小姐已經告訴妳們，我們找妳們來的宗旨了。」

五位小姐點頭。

永娟把事先想妥的開場白，講了出來：「我們是在搭鵲橋做好事，希望妳們都能找到如意郎君，香港、澳門、台灣甚至於新加坡，我們都有管道，但願妳們千里姻緣一線牽，好了，我不多囉嗦了，今天妳們來都是我的小姐妹，我會好好照顧妳們，至於和男人約會的技巧，那就勞娜娜小姐了，現在請妳們站起來，走幾步台步給我看看，好不好？！」

燕燕首先來回走了一趟，婀娜多姿。

其他四位小姐照做。

永娟看了滿意：「好！風度都不錯，燕燕小姐，妳留下，其他的暫時安排在酒吧工作。」

娜娜帶四位小姐走出。

然後永娟對燕燕說：「燕燕小姐！妳好好打扮一下，一位呆胞正在等著妳呢！」

燕燕嫣然一笑。

那個台灣去的呆胞，叫老何，若六十歲，戴深度近視眼鏡，有點木訥，時時抓住他那個隨身攜帶掛在肩上的皮包。

他一直擦著汗，心情緊張。

永娟坐在他對面，勸說：「何先生放輕鬆，小姐馬上來了。」

老何：「好的！好的！」

老何做了個深呼吸，兩手往下一放，表示心情穩定了。

永娟一看笑了笑說：「何先生！你真是個老實人。」

老何是廣東人，說話有點鄉音：「我，我是太老實了，所以在台灣找不到老婆。」

永娟：「現在認識我，是你的福氣，也是你的運氣。」

老何擦汗：「是的！是的！」

老何從皮包裡小心翼翼取出一個金戒指：「這個探親戒指，這個探親戒指送給妳。」

永娟收下探親戒說：「啊喲！那怎麼敢當？」她把金戒套在食指上。

老何：「我在大陸沒什麼親戚，若這件事成功了，妳就是我的媒人，也是我的親戚了。」

永娟進一步摸底：「那是，那是，何先生！你在台灣有產業嗎？」

老何：「說起來很慚愧，只有銀行幾十萬存款。」

永娟：「那，也不錯了，在我們大陸來說，也是大款了。」

老何不懂：「什，什麼大款？！」

永娟笑笑：「就是很有錢的意思。」

老何：「噢！慚愧！慚愧！」

這時娜娜陪燕燕進來。

永娟：「哦，燕燕小姐來了。」

老何站起。

燕燕故意不好意思，躲在娜娜身後。

永娟這才站起招呼：「來，來，我來介紹，這是台灣何先生！」

老何一鞠躬。

永娟：「這是燕燕小姐。」

燕燕這才趨前，伸手相握。

永娟用手表示：「你們坐，請坐！」

服務生送上茶。

老何一直很拘謹，手足無處放。

燕燕微笑低頭，羞人答答。

永娟看在眼哩，向娜娜做了暗示。

永娟站起說：「何先生！你和燕燕聊聊。」

老何：「請便！請便！」

永娟和娜娜走出。

老何望燕燕。

燕燕向老何看了一眼，又低下頭：「何先生是台灣來的？！」

老何：「嗳。」

燕燕又問：「家鄉是……」

老何：「廣東，人家叫我老廣。」

燕燕：「我也可以叫你老廣嗎？」

「可以，可以，嘻嘻。」老何擦汗。

燕燕笑笑說：「你怎麼一直冒汗？我來替你擦一下。」

燕燕拿去他的老花眼鏡，又替他擦汗。

老何舒服透了。

燕燕：「老廣，我們出去走走好不好？」

老何：「好，好。」

老何兩手摸索找眼鏡，戴上。

燕燕叫著：「買單！」

服務生送上買單。

老何取出一百元，遞給服務生：「不用找了。」

服務生答謝：「謝謝。」

燕燕扶老何走出。

次日，永娟在總經理辦公室問燕燕：「昨天後來約會情形怎樣？」

燕燕笑笑答：「還不錯，妳看，他送我金戒指。」

燕燕伸手指亮了亮。

永娟：「嗯，這個人出手倒是很大方。」

「他大概很少接近女性，一直很緊張。」想笑而沒有笑出來。

永娟不解：「怎麼啦？」

燕燕：「說起來，真好笑，我們坐在草地上，我繫了腰帶，腰間鼓起一塊肉，他……」

永娟：「妳是說他以為是奶房？！」

燕燕點頭，兩人大笑。

條大魚了。」

「沒有去其他地方？」永娟又問。

燕燕搖頭。

永娟拍了一下大腿：「很好，好的開始，成功一半，燕燕，妳釣了一條大魚了。」

燕燕：「只是……」

永娟望她。

燕燕：「好像年齡大了點。」

永娟：「這妳錯了，年齡大才好，妳沒有看見報上登的，台灣很多上了年紀的女人，專門喜歡嫁給老立委、老國大，等他們百年，接收遺產，報上罵她們是〃收屍隊〃。」

燕燕：「董事長的意思是……」

永娟用手數錢示意說：「只要有這個，有何不可？燕燕，想開一點，愛情與麵包，有了麵包，才能有愛情，光講愛情沒有麵包，那是會餓死的。」

燕燕：「好吧！我聽妳的。」

永娟叮嚀：「燕燕！以後妳成了富婆，可要飲水思源。」

燕燕：「請董事長放心，我是一個有情意的人。」

永娟：「那好，那好。」

世廷客廳，世廷踱步，似有心事。

少頃，永娟疲憊歸來，嘆了一口氣：「唉！累死了！」

世廷問說：「俱樂部營業情形怎麼樣？」

「不好，天天虧。」

世廷皺眉：「那怎麼辦？我那個五十萬……」

永娟說了實話：「恐怕一時墊不出來。」

世廷：「妳當初不是打包票，穩賺不賠的？」

「你開了俱樂部，人家開了夜總會，排場比你大，檔次比你高，又搞公關，又鬧宣傳，把客人一個個拉走了。」

世廷苦著臉：「當初是妳逼我上梁山的，妳可不能害我呀！」

永娟一怔：「害你？！」

「今天紀委會一個朋友，私底下告訴我，為了防腐防貪，最近將要查賬！」

「這個風聲傳了很久了，也不見有什麼行動？！」

世廷：「寧可信其有，不可信其無。」

永娟：「好吧！好吧！再等一會，讓我想想辦法看。」

俱樂部辦公室，永娟心焦急站在那邊。

燕燕進來：「董事長！妳找我？！」

永娟：「妳坐！」

燕燕在旁坐下。

永娟抓其手表示親切：「燕燕！妳說，我對妳怎麼樣？」

燕燕：「董事長對我，比我親姐姐還要好。」

永娟：「我現在想請妳幫個忙，不知道可不可以？」

燕燕：「董事長請吩咐。」

永娟：「我現在一時周轉不靈，能不能在老廣那邊，調些頭寸。」

燕燕叫了起來：「哎喲！董事長！妳早點說就好了，今天老廣送我一間大套房，把他存的錢，都投下去了。」

永娟色變：「那你們這些天不吃不喝？」

「零花錢是有的，老廣已打電話回台灣，請他的好朋友寄錢來。」她說到這裡，從口袋摸出一個紅包：「老廣很感謝妳介紹我們認識，這是五千元介紹費。」

永娟收下紅包：「謝謝！可是這點錢，頂不上用啊！」

永娟聽了世廷一番話，心裡也很著急，究竟是多年夫妻，她不能害世廷，於是到處去借貸。

這日她擦了淚，找上了冬梅：「大嫂！我現在是無路可走了，才來求妳！」

冬梅也很同情：「永娟！這個數目太大了，我哪有這個力量？我身邊只有一萬多塊和一點首飾，妳先拿去應急吧！」

冬梅交給永娟一包東西。

永娟收下：「也只好這樣了。」

冬梅也說了實話：「唉！當初我是不贊成妳們開什麼俱樂部的，妳想想，中國究竟窮人多，哪有餘錢去消費，擺什麼排場？」

永娟擦淚：「我現在也很後悔，可是……」

冬梅：「你們啊，光看到做賊的吃肉，沒看到做賊的挨揍，聽說妳們還弄些不三不四的女人……」

「這是狗急跳牆，想挖東牆補西牆，眼看也不濟事了。」

冬梅：「做人啊！還是規規矩矩好！」

永娟：「大嫂！既然這樣，我走了。」

冬梅：「慢走，妳認識人多，交友廣，到其他地方想想辦法，再見！」

永娟走出。

素素抱了嬰孩出來：「姑媽走了？！」

冬梅：「現在後悔了吧！夜路走多了，總會遇見鬼的，唉！永娟平時很精明，但是燕燕比她更精明，更有一手。」

燕燕在住處，收拾衣物。

一個叫小李的青年男人進來，一見問說：「燕燕，妳幹什麼？」

燕燕急地：「小李！走！你趕快帶我走！」

小李不解：「老廣不是還要寄錢來？！」

燕燕：「夠了，夠我們生活幾年了，今天蔣永娟開始向我借錢，我騙她訂了一個大套，把所有錢投下去了，再這樣下去，我們一點好處也撈不到。」

「可惜，可惜，我這個表弟才混了幾天。」

「走吧！」燕燕催說。

「那，那個老廣……」

燕燕：「去他的老廣，我心裡只有你，小李子！」

小弟一把摟過燕燕，這一對壞蛋，腳底抹油，走了。

老何找心上人不著，一臉驚慌跑來，跑來俱樂部找介紹人娜娜小姐。

娜娜：「何先生！看你急成這樣子，有什麼事嗎？」

老何：「我，我找妳們董事長！」

「董事長今天沒有來。」

「那妳們總經理呢？」

「他有事剛剛出去了。」

老何擦汗：「那我就找妳了，娜娜小姐！妳給我介紹的燕燕小姐，是個騙子。」

娜娜怔了一下：「妳說什麼來著？」

「燕燕把我身邊的錢，全騙光了。」

「怎麼會？」

老何實說：「今天白天他跟我好親熱，叫我把身邊所有的美金、人民幣全部交給她，她說我跟她反正誰也離不開誰，她要節省開支，想不到，剛才我去她住的地方，房東太太說：「她已經搬走了。」

娜娜一聽怔住：「噯！有這種事？！」

老何一把抓住娜娜：「娜娜小姐！當初是妳介紹的，妳得賠我損失！妳得賠我損失！」

史威走出，怒目望了老何一眼，就一拳打在老何臉上，老何眼鏡掉地，老何鬆開緊抓娜娜手，鼻孔流血。

老何氣得跳腳：「妳們騙我！你們打我！我去公安局告你們！」老何摸索找老花眼鏡，一個好心女孩找到給他。

老何拿了一個瓶子向地下一摔，瓶碎。

老何一邊擦鼻血，一邊還是大吼：「我要去告你們！我要去告你們！」

老何負氣走出。

留下娜娜與史威傻眼。

（二十六）

俱樂部出事了。一大批公安警察全身武裝衝進去。

小軍擋住：「幹什麼？幹什麼？」

公安甲：「找你們負責人！」

小軍：「我就是。」

公安甲：「據報，你們俱樂部有色情勾當！」

小軍：「同志！我們是規規矩矩做生意，我們領有營業許可證。」

「許可證，許可你們非法媒介賣淫？」公安甲厲聲回答。

小軍辯護：「當然沒有，而且我們是高檔俱樂部，怎麼會做這種下三濫的勾當？！」

公安甲：「好！那我們搜查！」

小軍欲阻擋：「慢著！你們有搜查證嗎？」

公安甲從口袋取出搜查證：「你看清楚這是什麼？」

攝影記者欲拍畫面。

史威去阻拍，拉扯。

公安甲下令：「搜！」

正待公安人員衝進。

小軍大叫：「關燈！關燈！」

現場一片漆黑。

「好！你妨害公務，把他帶走！」公安甲又下令。

這時有一批年輕美女衝出。

攝影記者拍畫面。

眾女妳推我擠，大聲叫著。
有人喊打聲。
有人叫開燈聲。
逮捕、抗拒、電視攝影，記者打開攝影機燈光搖曳，現場一片混亂。
燈亮，小軍、史威、娜娜、老周被公安人員逮住。
公安甲：「把他她們統統帶走！」
公安人員押小軍等人上警車。
永娟叫著從內出來：「小軍！小軍！怎麼會這樣？！怎麼會這樣？！」
警車呼嘯而去。
雖然改革開放，維持社會秩序，還是嚴厲的：
（一）羅蜜歐俱樂部因非法媒介賣淫詐騙，被勒令全部停業。
（二）負責人羅小軍慫恿下屬圍毆執法公安，妨礙公務，被處居留七日。
（三）肇事的史威、娜娜、老周被處拘留三天。
（四）更糟糕的是追查羅蜜歐俱樂部經濟來源，查出羅世廷以權謀私，挪用公款，被撤職查辦，因羅心臟病發，送進醫院。
（五）至於詐騙犯燕燕和小李，三天之內就被捕歸案，正待判刑服監。
醫院病房，羅世廷掛氧氣，躺在床上。
佳佳在旁照料，不時擦淚。

冬梅提了水果進來。

佳佳叫了一聲：「乾媽。」就雙手掩臉哭了起來。

冬梅攬他入懷，拍她肩：「別哭，別哭。」

世廷睜開眼，淚流下。

冬梅用手紙替世廷擦淚水。

世廷有氣無力說著：「我們羅家是完了，完了！」

冬梅：「唉！怎麼會發生這種事？！」

世廷輕說：「俗話說，一個成功的男人，背後必有一個好女人，我今天要說，一個失敗的男人，也是背後有個壞女人啊！」

冬梅陪著擦淚：「想不到，太想不到了。」

世廷發著牢騷：「我一生規矩做人，兢兢業業做事，都是她害的，是她！」

冬梅：「永娟呢？」

世廷：「我不見她，她害我害得這麼慘，我不如死了算了。」

世廷欲去拔氧氣。

冬梅連忙阻止：「這不可以，不可以！」

佳佳哭說：「乾媽！怎麼辦？這怎麼辦？」

冬梅拍她肩安慰：「日子總會過去的。」又對世廷說：「你目前只管好好養病，其他的不必去煩心了。」

世廷原來住處，永娟一頭散髮躺在床上，面目全非，好似變成另一個人，佣人張媽引冬梅進來：「太太！舅媽來了。」

永娟坐起，斜靠在床頭，一付落魄相。

永娟見了冬梅，叫了一聲：「大嫂！」掩臉哭了，冬梅坐在床上拍她肩。

永娟哭了一會說：「他送醫院，快要死了，都不願意見我，大嫂！我錯了。」

冬梅等她喘口氣才說：「妳好像是走錯了一步，那種生意不是我們去做的啊！」

永娟：「我也不是存心去騙台胞的錢，我是狗急跳牆，想暫時借用，歸還公款，想不到那個婊子，比我更心狠，騙了錢想一走了之，害得她自己人財兩空，心有不甘，才，才……」

冬梅：「唉！這是劫數，逃不了的！」

永娟聽說法院要拍賣這間房子，以歸還公款，我們是上無片瓦，下無寸土了。」

冬梅考慮：「噢！那暫時搬到我那邊去住。」

永娟：「小娟來過，她叫我暫時搬到她那邊去幾天。」

冬梅點頭：「那也好，也好！」

喬治家客廳及儲藏室。

小娟眼角有點烏青，正在儲藏室搬雜物。

喬治喝茶看報。

小娟說：「喬治！抱歉，幫個忙，我媽馬上就要來了，把這個儲藏室騰出來，讓她住。」

喬治則說：「我們美國人最討厭跟岳母一起住。」

小娟：「這是在咱們中國，入境隨俗，你懂不懂？」

喬治無奈站起：「好吧！好吧！真沒有辦法。」

喬治幫忙清理染物，她拿起一個坐墊向門口拋去。

適永娟提了小箱進來，差點打個正著。

永娟一怔：「啊！喬治！你是這樣歡迎岳母大人的？」

喬治笑臉致歉：「對不起！對不起！我不知道妳來了。」

小娟迎上：「媽！我正在清理，妳稍坐一下。」

永娟發現小娟眼角又烏青問說：「怎麼回事？」

永娟：「不會是喬治欺負妳吧？！」

「不是，不是，妳想到哪兒去了。」小娟連忙說。

永娟：「沒有就好，不然老娘跟他拚了！」

喬治聽到，心中不爽，在暗處伸伸拳。

小娟說：「爸爸這兩天好一點了嗎？」

永娟才坐下：「聽佳佳說，心臟病是控制住了，只是心情不好，她拿了手絹擦眼角：「小娟！妳爸還是不願意見我。」

「老夫老妻了，有福同享，有難同當，過幾天也就沒事了。哥哥呢？」

永娟生氣狀：「我也生他的氣，年青氣盛，現在呢？房子充公，妳爸撤職查辦，差點送了一條命。」

這時整理差不多了，喬治這才走出儲藏室，對永娟說：「岳母大人！我去買點菜，好好招待妳三天。」

永娟這才露笑臉：「對了，這才是我的好女婿。」

(二十七)

冬梅家客廳，素素帶孩子做家事。

冬梅自外歸來，敲自己肩。

素素見狀連忙說：「媽！我來替妳捏一下。」

素素替她捏肩。

後面洗手間，嘔吐聲傳來。

冬梅問說：「誰？」

「弟妹。」素素答。

冬梅關心：「小芳！妳怎麼啦？是不是吃壞了肚子？」

錢芳搖頭。

冬梅疑問：「那是……」

錢芳點了點頭。

素素：「前些時，媽過生日，那個時候恐怕已經有喜了。」

冬梅意外，喜極，拉錢芳入懷：「妳這孩子，妳這孩子為什麼不早說？！」

錢芳低下頭。

冬梅問：「去醫院檢查過了？！」

錢芳：「噢，今天下午去的，也正想告訴媽。」

冬梅一臉笑容：「好，好，小芳！妳想吃什麼？媽去弄。」

錢芳：「什麼都不想吃，只想吃酸梅。」

冬梅：「好，等會我去買。」

錢芳：「媽！我自己有，還沒有吃完。」

冬梅又問：「旭陽知道嗎？」

錢芳：「還沒告訴他。」

「旭陽知道一定會高興地跳起來。」冬梅說。

旭陽正在上班，接到錢芳報喜電話，真得一手拿聽筒，從座位跳了起來，愉快地說：「真的？！我要做爸爸了？哈哈……我要做爸爸了。」

錢芳電話裡說：「你得意了吧？！」

旭陽：「小芳！親愛的小芳，我愛你，愛死你了，親一下。」他一直作親吻狀。

錢芳：「辦公室，別肉麻了。」

旭陽：「好，好，等我回來再親，謝謝啊！再見！」

旭陽放下聽筒，還是伸伸右手胳膊，興奮狀。

錢芳：「辦公室，別肉麻了。」

旭陽：「好，好，等我回來，再親，謝謝啊！再見！」

正這時候　秘書小姐推門進來：「蔣經理　董事長召開臨時會議。」

大會議室　錢董事長召開臨時會議

旭陽等主管坐在長方桌兩旁，錢董坐在正中

主管好像說完坐下

錢董：「蔣經理我想聽聽您的意見。」

旭陽站起發言：「要振新本公司業務，個人認為兩點最為重要，第一：是要取信於消費者，以前商家櫃台上都掛了個牌子，上面寫了”童叟無欺“

我們不但”童叟無欺“應加強做到服務到家，也就是說，消費者買了我們的產品，需要修理的，盡可能予以免費修理，工廠應以零缺點出廠，消費者對我們有信心，有信譽我們的產品才能傾銷，金字招牌才能發光發亮。錢董點點頭：「嗯，第二呢？」

第二：必須有遠見，1997 年香港就要回歸祖國了，我們是不是應和港澳的企業家多聯繫，說服他們把事業延伸到內地，跟我們合作，注入新的活力，使本公司業務 日新又新，謝謝各位，請各位指教。

眾人熱烈鼓掌。旭陽坐下，抱拳致謝掌聲。

錢董也喜形於色：「蔣經理所說的極有見地，也就是我常提的，本公司各級主管必須具有客觀調控的遠見，蔣經理！你馬上去香港一趟爭取紡織業跟我們合作，來上海設廠。」

旭陽：「是，董事長！」

錢董指示：「我們要搶在別人前面，捷足先登，因為俗話說"早起的鳥兒有蟲吃"。」

眾人一笑。

錢董：「散會。」他站起又對旭陽說：「蔣經理！你到我辦公室來一趟！」

旭陽：「是，董事長！」

錢董辦公室，錢董吸著雪茄。

旭陽進來。

錢董立即迎上握手：「旭陽！恭喜你！」

旭陽愣了一下。

錢董：「芳兒已來了電話，向我報喜，我快做外公了。」

旭陽：「謝謝！」

錢董又笑說：「這還要恭喜你！」

旭陽不解：「還要恭喜我……」

錢董：「嗯，剛才我跟你總經理研究了一下，決定提升你為主管開發部副總經理，明天到職！」

旭陽意外，想推辭：「董事長！這……」

錢董手一揚：「不許推辭，這不是人情而是你的才華應得的職位。」

旭揚頓了頓才說：「謝謝董事長！」

錢董望著他，責備地：「嗯？！」

旭陽意會笑說：「謝謝爸！」

錢董愉悅地說：「旭陽！恭喜你雙喜臨門，（看手錶）該下班了，回家告訴芳兒這個好消息吧！」

旭陽也非常興奮：「好的，爸！」

旭陽一臉興奮吹著口哨回到家，關上門，還來個舞步。

把帶小孩的素素，及站在樓梯間的錢芳看呆了。

素素：「旭陽！恭喜你！」

旭陽一邊答謝，一邊叫著：「小芳！小芳！」

錢芳往樓上走。

旭陽一個箭步追上，擁吻。

錢芳不好意思：「高興吧？！」

旭陽點頭：「我今天是雙喜臨門。」

錢芳不解：「雙喜？」

旭陽：「剛剛下班以前，爸爸把我叫到他辦公室，他親自告訴我的。」

錢芳：「告訴你什麼？」

旭陽驕傲地：「明天起我就是主管開發部的副總經理了。」

錢芳一聽大叫了起來：「真的？！太好了，我們會把這個好消息告訴媽。」

冬梅已自房內出來，面露喜悅。

錢芳：「媽！旭陽調升副總經理了。」

冬梅當然也一臉笑容：「旭陽！恭喜！真是雙喜臨門。」

旭陽：「媽！我馬上要去香港一趟，董事長派我去和港澳的企業家聯繫，希望能合作在內地設廠。」

冬梅一聽更是內心安慰：「你們公司對你重視，我很欣慰，機不可失，時不再來　希望好自為之。」

旭陽：「是，媽！」

「有件事我想跟你商量一下。」冬梅說。

旭陽：「媽吩咐就是了。」

冬梅考慮俄頃後說：「你姑父不但丟了官，房子也充了公，目前暫時住在一間破屋，以前我們窮困的時候，他曾經大力幫過我們，你可不可以幫他找個湖口的工作？！」

旭陽：「這，這個很難，姑父以前位居要職，一時失業，在心態上恐怕還沒有調適過來。」

「你說的也對！」冬梅點頭。

「而且我們董事長和姑父也熟，面子上下不來，他恐怕不會輕易接受工作。」

「那你留意一下，或在不會引人注目的地方，替他安排個工作。」

旭陽：「好，我想想辦法看。」

冬梅感嘆地說：「唉！永娟在洋女婿家，不知道適不適應？」

喬治家，門鈴不斷。

「來了，來了。」永娟篷頭散髮自內匆出。

永娟開了門。

喬治一臉怒容進來。

永娟招呼：「回來了？！」

「按了半天門，怎麼不開？」喬治語調責備。

「我不是來了嗎？」

小娟走來：「喬治！她是你岳母，是客人，講話這麼不客氣？」

喬治還是一臉不快：「在我們美國三天是客人，過了三天就不是客人了。」

永娟問說：「不是客人是什麼？」

「我們家沒有請保姆，以後也得幫忙做家事。」

永娟一聽，火冒三丈：「什麼？你把我當個佣人？我這一生什麼時候做過佣人了？都是茶來伸手，飯來張口。」

「你們中國人說的，此一時也，彼一時也，你還要做官太太？作夢！」

小娟也聽不下去：「喬治！你越來越不像話了！」

永娟生氣地的搖頭：「氣死我了！氣死我了！」

小娟想勸：「媽！媽！喬治是跟妳鬧著玩的。」

喬治放著臉：「NO！我是認真的！」

「妳看看，妳看他那張嘴臉，簡直是要把人吃了，天哪！怎麼這麼倒楣，我是虎落平陽被犬欺呀！」

喬治用手指她：「告訴妳！妳以前母老虎發威發慣了，希望妳識相一點。」

「好！我走！我實在受不了這種閑氣。」

小娟勸著：「媽！媽！大人不計小人過，算了，算了，再說妳一時又到哪裡去呢？」

「此處不留爺，自有留爺處。」

「話別說這麼漂亮，妳這種好吃懶做的女人，誰會理妳？妳們中國人比我們美國人還現實，不是有一句話，什麼？什麼？窮在鬧市無人問，富在深山有遠親嗎？」喬治中國成語懂得還不少。

永娟肺都要氣炸了，永娟負氣，進內提了小皮箱，要走，被喬治叫住：「慢著！」

永娟怒目：「幹什麼？」

「妳就這樣拍拍屁股走了？！妳在這裡吃住七天的錢，算清楚才能走！」

永娟更是氣得拍桌：「什麼？放你娘舅的屁，我女兒嫁給你，我在這裡住一個星期，你還要算我住錢、飯錢？」

「這是我們美國人的規矩，岳母跟女婿處得好，開一眼閉一眼算了，處的不好，算清楚才能走路。」

永娟也怒了：「喬治！你發神經了，你不怕天雷打死？！」

永娟氣得擦眼淚：「你這個沒心肝的美國佬，當初是我瞎了眼把女兒嫁給你，你如此不懂孝道，會遭報應的，希望你坐飛機摔死！出去坐車撞死！吃雞蛋啊噎死！喝咖啡嗆死！」

喬治：「妳罵吧！罵完了吧！妳沒有錢也沒有關係，每天做工來扣除吧！」

他脫去皮鞋，命令地：「把我拖鞋拿來！」
永娟更是氣的怔住了。
小娟氣的：「喬治！你真的發神經了?!」
喬治：「妳走開！」喬治推了一把，小娟倒地。
永娟拉小娟站起：「告訴你，這是在中國土地，不是在美國，你不要欺人太甚！小娟！跟媽回去！」
喬治：「回去?小娟是我老婆，怎麼回去?」
永娟斬釘截鐵說：「離婚！馬上跟他離婚！」
喬治卻用笑臉說：「好呀！妳付出贍養費，妳就走吧！」
永娟怔了一下：「什麼?要我們付出贍養費?!」
喬治：「我們美國法律，女方提出離婚，得由女方付出男方贍養費。」
永娟反唇說：「放你媽的狗臭屁，走！」
永娟拉小娟，小娟卻站著不動，勸母：「媽！不要鬧了好不好?當初我為什麼要嫁給他，我圖的是什麼?」
喬治：「妳只是想去美國對不對?哈哈……」
永娟手指喬治：「你……你……」她氣得發抖，暈了過去了。
永娟氣暈過去。
小娟及時扶住，連忙叫著：「喬治！快去拿萬金油來。」
「她咒我死，我才不管她呢?!哼！」

喬治推門入內。

小娟把永娟扶到沙發，坐下，在母親耳旁輕聲說著：「媽！暫時忍一忍吧！我也受夠了，等到有一天，到了美國，我就一腳把他踢開！」

喬治隱約聽了這些話，陰險的笑著。

冬梅家客廳，永娟一把鼻涕一把眼淚向冬梅訴苦：「大嫂！我的命好苦，好苦啊！」

冬梅也同情：「這個美國佬，太沒有良心了。」

永娟擦淚：「妳沒有看到他對我多兇，好像是要把我吃了。」

冬梅：「照說女婿也是半子，難道法律上就沒有約束力，我們可以向法院投訴，告他虐待，告他不孝！」

永娟搖頭：「沒有用，他是外國人，算了，我也想通了，今後我是再也不會去見他了。」

「難道小娟也不管管丈夫？！」

「小娟說，她也受夠了。」

「妳覺得他們夫妻感情怎麼樣？」

「一會好，一會吵，我常在夜裡聽到小娟哭叫的聲音。」

冬梅：「妳沒有去看看是為什麼？」

「第二天，我問小娟，她好像有難言之隱，大嫂！女兒成年了，我也不便問太多。」

「那是！那是！」

永娟又哭：「大嫂！我們羅家是完了啊！」

冬梅遞過一個紙包：「這點小意思，妳先拿著。」

永娟沒有伸手接過：「不！我已經拿了太多了，不能再拿了。」

冬梅將紙包硬塞在她手裡：「拿著，誰都有落魄的時候，我們當年孩子小的時候，妳不是幫了我們不少忙。」

「大嫂！妳是個好人，我一直想學妳為人處世，可是我就是做不來。」

冬梅：「那暫時在我們家住一段時間吧！」

「不！我想去陪世廷。」

我替他在鄉下租了一間房子，房子雖然小了一點，還是可以住的，我把地址給妳，妳自己找去吧！」

這時莫依心中不快進來，冷冷地招呼：「姑姑！媽！」

莫依叫了一聲就進臥房了。

冬梅：「這孩子怎麼啦？」

永娟只好說了聲謝謝，才走出大門。

（二十八）

冬梅等永娟走出，他才對莫依說：「莫依！妳出來一下。」

莫依步出，雙眼紅紅地，叫了一聲「媽」就擦著淚水。

冬梅注視她：「妳哭了，什麼事不痛快？！」

莫依哭說：「媽！我是不是沒有用？」

冬梅訝異說：「為什麼說這種話？自從妳調來上海蘇繡場，她們都誇妳技藝細微老到，是不可多得的人才。」

莫依：「算了，這都是表面功夫，是看在我是大明星的妹妹，表面奉承我的。」

冬梅怔住，莫愁目前是當紅大明星，有人也許有這種想法，但是目前莫依技術超群，也是大家公認。

莫依：「媽！以前我不是告訴妳，新加坡有個商人，訂了一批蘇秀，由我負責刺繡。」

冬梅：「沒有錯，妳說過。」

莫依：「我費了九牛二虎之力，刺繡了樣品送出去，他們看了不滿意，現在由另一個人刺繡了。」

冬梅：「哦，原來是為了這個，妳的自尊心受到挫折了？」

莫依低下頭。

冬梅注視莫依：「記得以前妳在杭州蘇繡廠，也一度遇到瓶頸，後來不是克服了？」

莫依：「我覺得那邊環境比這邊好。」

冬梅：「也不能這麼評斷，大概因為妳是新來的，覺得他們有點欺生是不是？不過我要告訴妳的是，妳的蘇秀技藝，的確已經出師了，還是大家公認的，至於刺出來的樣品，人家有意見，那也是很平常，因為每個人好惡不一樣，妳要虛心檢討，切實改進，千萬不能自滿。

莫依：「是！媽！又聽說那個新加坡商人，將親自來上海挑選，我……想請病假避過他們。」

冬梅嚴肅地說：「不可以，妳怎麼有這種心理？是怕見人？是怕自己的作品比不上人家？我們家的孩子，哪一個像妳這樣畏縮的？越困難要向困難挑戰！這是我們蔣家子女的作風！」

莫依看了母親一眼，又低下頭。

冬梅：「抬起頭來，沒有什麼事，能難倒我們蔣家人！」

莫依：「是！媽！」

莫依挺胸抬頭，望著窗外。

上海蘇繡廠，蘇繡廠的女工，正在工作著。

莫依、阿嬌系資深師傅，工作台較為寬大。

以前杭州蘇繡廠的檢驗師傅小余走來，就叫著：「莫依！阿嬌！」

莫依、阿嬌一看驚喜。

莫依笑臉相迎：「余師傅！你也調上海廠了？！」

「妳跟阿嬌能來，我不能來嗎？」小余笑著說。

莫依、阿嬌立即過來握手：「歡迎！歡迎！」

小余：「妳們好嗎？」

阿嬌：「馬馬虎虎，莫依在上海很出風頭。」

莫依：「阿嬌！妳是在諷譏我？！」

小余：「好了，好了，妳們從杭州蘇繡廠，吵到上海也不見笑，我們老同事，應該互相照應才是。」

莫依問說：「余師傅！你調來總廠，擔任什麼職務？！」

小余笑說：「管你們的管理組長！」

阿嬌也笑說：「那是我們的頂頭上司了，失敬！失敬！」

小余：「我們以後再聊，廠長來了，他有事宣佈。」

杜廠長高頭大馬，帶了近視眼鏡，他走進工作室，就拍著手掌，叫大家停止工作。」

杜廠長用擴音器講話：「各位！本廠為了拓展業務，特別從杭州分廠，調來余師傅，他是資深檢驗師，也是你們管理組長，希望妳們合作愉快。」

眾女鼓掌。

杜廠長接著又說：「現在我要宣佈一件事，就是新加坡蘇繡商人，已經來到上海，他將要跟本廠合作，拓展外銷，明天這位黃老闆，和他夫人、少爺將要蒞臨本廠，親自甄選作品，妳們推薦自己作品風格優點，也希望明天穿著注意一下，因為有內幕消息，聽說這位黃老闆的公子，還是未婚，說不定一是選作品，二是選媳婦。」

眾人一笑。

杜廠長面露微笑說：「祝各位好運！」

眾女工鼓掌。

阿嬌：「莫依！加油！」

莫依：「我？！別開玩笑了，我想都沒有想過。」

阿嬌：「明天我要穿一件漂亮的衣服亮亮相。」

莫依：「這倒別開生面，外賓來參觀，當穿制服，這次廠長反而勸我們注意衣著，真的是那位黃少爺來選妃子了。」

飯店房間，黃妻在化妝。

黃老闆已穿好西裝，催說：「太太！能不能快一點。」

黃妻：「催死催活的，不就好了嗎？」他她們久住新加坡，但中國話還是靈巧的，衣食不察，還以為是中國內地人呢。「我可警告你，今天去蘇繡廠，主要是替兒子選對象，選作品只不過是一個幌子。」

黃老闆：「知道了。」

黃妻對兒子說：「兒子！今天是你一個機會，你得好好品頭品足，不要選錯了，將來後悔。」

高頭大馬，一臉老實相的黃漢民答：「知道了。」

黃妻：「你這孩子，對內地小姐，真是死心眼，非內地小姐不娶。」

漢民正色說：「媽！這句話修正一下，非內地小姐和沒有蘇繡技巧的不娶！」

黃老闆：「現在也不要高興太早，一切看緣份吧！」

蘇繡廠。女工工作著，他們今天心情特別高昂，服裝也改穿，自己衣褲較艷麗。

只有莫依，未使脂粉，衣著樸素。

小余走來看看他們說道：「諸位！新加坡老闆馬上就要來了，待會他們走到誰面前，誰就自我介紹，並且推薦自己作品。」

眾人一笑。

小余走到莫依身邊看了看說：「咦！莫依！你穿這一身？！」

莫依撓了撓嘴唇：「怎麼？見不得人？！」

小余：「當然不是，妳看看別人，個個打扮的花枝招展，只有妳樸樸素素」

莫依：「人家是人家，新加坡的老闆又怎樣？難道他們不是一張嘴巴、一個鼻子，兩只眼睛？！」

小余：「好，好，我不跟妳爭，妳大概今天吃錯藥了？！」

小余正要走開。

杜廠長引黃老闆夫婦及黃漢民進來。

阿嬌看了他們一眼，連忙勤奮工作著。

他們一行走到阿嬌面前。

小余提醒：「阿嬌小姐！請妳介紹自己作品的特色和優點。」

阿嬌連忙站起，笑臉相迎，先向他們一行鞠了躬，然後極為巴結地說著：「黃老闆！黃夫人！我謹代表本廠員工非常歡迎你們蒞臨，請多批評指教！」

黃老闆夫婦微笑點頭。

黃漢民卻一個勁向莫依注目。

阿嬌：「我先自我介紹，我從事這項蘇繡工作，已經十年了，繡的作品大多外銷海外，有時候我們外交部，也把我的作品購買贈送外國元首，我感到非常榮幸。」

杜廠長說：「說說妳現在的作品！」

阿嬌這才指指工作架上的作品：「哦！是的，這是五福臨門圖案，適合懸掛客廳，色彩艷麗，線條均勻，沒有修補的破綻，黃老闆、黃夫人若是看中，買回去掛在客廳，一定使客廳增色不少。」

黃老闆特別低頭觀看，讚賞不已：「是的，是的，的確是好作品。」

阿嬌自然很興奮：「請多指教！」

黃老闆與妻子耳語，黃妻也頷首微笑。

黃漢民呢？一個勁看著莫依。

黃妻拉了拉漢民衣，低聲說：「你看這位小姐怎麼樣？」

黃漢民應付母親輕說：「好，好。」她向前問阿嬌：「小姐！請問芳名？」

阿嬌非常高興聲音也提高了：「我叫方嬌嬌！朋友、小姊妹都叫我阿嬌，就是嬌滴滴的嬌。」

漢民雖然心中不滿，但嘴上還是客氣地：「好的，好的，好名字。」父親黃老闆還以為兒子已看上了阿嬌，提議說：「漢民！你和阿嬌小姐拍個照吧！」

其實杜廠長是個精明生意人，他早就發現黃漢民一直注視莫依，不便使黃漢民為難，他解了圍：「我來吧！你們三位和阿嬌一起照吧！」

黃老闆：「好，好。」

阿嬌：「那我不是太榮幸了。」

拍了照，阿嬌更是興奮不已：「謝謝！謝謝！這張照片太寶貴了，我要洗出來，分送所有親戚朋友！」

眾女工羨慕樣，只有莫依看了一眼，不屑表情。

他們一行走到莫依面前。

莫依仍然工作不理。

杜廠長叫了一聲：「蔣莫依！」

莫依這才站起。

杜廠長特別介紹：「黃老闆！黃夫人，黃公子，我特別介紹這位，蔣莫依小姐，是當今大明星蔣莫愁的親妹妹！」

黃老闆訝異：「哦！太難得了，大明星的妹妹也做女工？」

莫依雖然不滿，但對方是客，仍然微笑反駁：「黃老闆！我覺得你的觀念需要修正，難道女工就低賤了？！」

黃老闆：「不，不，蔣小姐！我不是那個意思，我是說，我是說……」

黃妻連忙接著說：「蔣小姐！你姊姊的電影，我最喜歡看了，我先生的意思是，大明星的妹妹不去陪姐姐做星妹，而如此動勞工作，是太出於我們意外了。」

莫依：「我們家不富有，每個人都努力工作，沒有誰尊誰卑？」

漢民點頭。

杜廠長：「介紹蘇繡作品吧！」

這是一個竹子庭院景，有熊貓在其間，仰頭食竹葉，活潑可愛。

莫依用手指了指作品說：「這幅作品，很平常，也很平淡，我的功力也不夠，我還在學習階段，請各位指教。」

杜廠長和小余皺眉。

但黃漢民卻極為欣賞，貼近作品看了又看，讚嘆不已：「好！好！不一樣就是不一樣。」

杜廠長意外：「要不要跟我們莫依小姐拍個照。」

漢民：「好，很好！」

莫依卻連忙退讓，搖頭：「對不起！我從來不和生人拍照！」

漢民極為失望，黃老闆只好說：「那我們看看其他的吧！」

他們一行走開。

黃漢民仍然回頭看著莫依。

杜廠長、小余引黃老闆到會客室。

杜廠長：「各位累了吧？請坐。」

他們入座，小余奉飲料。杜廠長看了他們一眼說：「看了我們的廠，黃老闆觀感如何？」

「貴廠規模不小，作品水準很高，我願意跟你們合作。」黃老闆說。

杜廠長連忙走前握手：「這太好了。」

「希望我們今後合作愉快！」黃老闆也喜形於色。

杜廠長心想事成，當然很愉悅：「那是一定的，黃老闆！黃太太！至於黃公子對象方面，不知道黃公子有沒有看上的？！」

黃漢民搓手害羞低頭。

「那個叫阿嬌得不錯。」黃太太中意阿嬌了。

「對！我也有同感，為人很謙虛隨和。」黃老闆呼應。

黃妻數落她的優點：「她的蘇繡技藝也不壞，那幅五福臨門蘇繡我們買了。」

杜廠長立即對小余說：「好，好，小余！你去請阿嬌小姐過來一下。」

甚合黃妻意，他眉開眼笑：「對，對，我們進一步聊聊。」

小余走出，不料黃漢民叫住了他：「慢點！我……」

黃妻意外：「漢民！你不喜歡那個阿嬌小姐？！」

「我覺得他太吹棒了，討厭。」漢民說。

黃老闆：「這孩子！那你是沒有喜歡的了！」

漢民望了望父母，提了另一個人：「那，那個刺繡竹子熊貓的蔣莫依，爸媽覺得怎麼樣？」

黃妻一怔：「這位小姐長得很清秀，但好像脾氣大了點。」

黃老闆應該算是懼內的男人，也附和著妻子，但還是微笑說：「對，對，我隨便說了一句，他馬上就教訓了我一頓，使我失去面子。」

杜廠長連忙致歉：「對不起！對不起！」

黃漢民呢？一見鍾情，替莫依辯駁：「由我看，她的作品，跟她的人一樣，有個性，有節操，淡中有味，我喜歡。」

黃妻意外狀。
杜廠長改口：「那就把阿嬌小姐和莫依小姐兩位一起叫來聊聊！」
黃夫婦望兒子。
漢民考慮俄頃說：「請莫依小姐一個人就好了。」
小余：「好，我去請她！」
蘇繡廠，眾女圍著阿嬌七嘴八舌。
女甲：「阿嬌！恭喜妳，看情形他們看中妳了。」
女乙：「那個黃少爺長得不錯嘛！千里姻緣一線牽。」
阿嬌故裝害羞狀：「你們說什麼？死相。」
女甲：「以後妳成了華僑，要多照顧我們啊！」
眾人一笑。
女丙：「莫依！我佩服妳，女工怎麼樣？！就該低三下四了？！」
女丁：「妳啊！真笨，不像人家巴結奉承一付馬屁精，不要臉！」
阿嬌聽見了，怒目欲站起。
女甲說：「算了，算了，妳現在是華僑夫人了，不跟她一班見識。」
小余這時走入，眾人目光注視他。
女乙對阿嬌說：「阿嬌！小余來了，他一定是來請妳的。」
阿嬌連忙收拾東西，望著小余。
不料小余在阿嬌身邊走過，走向莫依。

小余與莫依耳語。

莫依意外狀。

眾女工也呆住了。

蘇繡廠會客室，黃家全家坐在那邊。

小余接莫依進來。

黃老闆見莫依走路稍有不便，輕聲問杜廠長：「她的腿?!」

「小時侯得了小兒痲痺症。」杜也輕聲回答。

黃妻輕嘆了一聲：「哦……」

莫依走近。

黃漢民站起招呼：「請坐！」

「謝謝！」莫依挨近杜廠長坐下。

黃老闆夫婦及兒子望著莫依。

莫依一時無措低下頭。

漢民首先發言：「莫依小姐！妳的那幅作品，很特別，代表的節操，我很喜歡。」

莫依望了漢民一眼：「謝謝！」

「莫依小姐從事蘇繡多年了吧?!」黃老闆問說。

莫依：「大概十年了。」

黃妻：「這們工作是很辛苦的，不容易啊！」

得辛苦。」

「我這個人做什麼事都沒有恆心，唯獨對蘇秀還有興趣，所以也不覺得辛苦。」

黃妻：「那是，那是！」

黃老闆：「府上還有些什麼人？」

杜廠長代答：「我來介紹，她母親以前是助產士，離休後參加社會愛心工作，是一個很受人尊敬的女人，她大哥在中醫院做醫生，二哥在大公司當副總經理，她姊姊就是當今紅得發紫的大明星莫愁小姐。」

莫依補充了一句：「我最沒有出息。」

「莫依小姐！妳太謙虛了。」漢民讚了一句。

「是真的，我因為小時候一場病，不幸染上小兒痲痺症，經過多年治療，我自己不斷鍛鍊，目前走路還是不大方便。」

漢民一聽雙眼一亮，極為佩服：「莫依小姐，不掩飾缺點，可敬可佩！」

莫依：「是我媽教訓我的，我雖然身上有殘，但我並不自卑，身殘比心殘好是不是？」

漢民：「言之有理！」

黃老闆夫婦互望一眼。

「請問莫依小姐！妳目前有男朋友嗎？」黃妻問說。

莫依搖頭。

漢民望父母一眼：「爸！莫依小姐那幅作品，我想高價買下來。」

黃老闆：「嗯，值得，值得，莫依小姐！我們是第一次到上海，我們想在上海多玩幾天，不知道妳能不能為我們做一次嚮導？」

「我？！」

「是啊，如果妳能答應，那我們是太高興了！」漢民顯然已看上莫依了。

莫依望杜廠長。

杜廠長：「莫依小姐！難得黃老闆這麼喜歡妳，妳就答應了吧！」

莫依：「可是我要趕工。」

杜廠長：「沒有關係，妳陪黃老闆，算公假好了。」

莫依笑了笑：「這還差不多。」

漢民也笑了笑說：「莫依小姐挺可愛的。」

莫依羞地低頭。

杜廠長：「黃老闆！上次妳們退回來那幅作品，你們知道是誰的作品嗎？

黃老闆搖頭。

杜廠長：「就是出於莫依小姐精心的設計。」

黃老闆色變：「那真是對不起了，倘使早見過莫依小姐的面，是不會發生這件事情的。」

莫依生氣了：「原來黃老闆你們選購蘇繡是看人情？而不是看作品本

身！」

黃老闆呆住了：「這，這……」

黃漢民連忙解釋：「莫依小姐！這件事我要解釋，我是很喜歡那件作品的，有特別的風格，但是我父親考慮一般性，恐怕難於脫手，所以就交代人退回來了，事後我還跟父親吵了一架。」

黃老闆也解釋：「老實說，我獨生子的看法常常有出入，我是以商場來考量，漢民是以藝術來欣賞考量。」

莫依站了起來：「對不起，我家裡有點事，我失陪了。」

莫依說完就走。

弄得所有人非常尷尬。

杜廠長連忙叫著：「蔣莫依！蔣莫依！」

小余叫著：「莫依！莫依！」

黃漢民站起，想阻：「真是對不起，莫依小姐！」

黃老闆呆住了：「這位小姐脾氣不小！」

漢民難過地坐下，雙手插入髮際。

黃妻勸著：「漢民！我看算了，她走路也不大方便。」

漢民眼眶充滿淚水：「媽！不知怎麼的，我，我……」

黃妻：「你還是喜歡她？！」

漢民含淚點頭。

是魔鬼附了身。」

黃妻望丈夫一眼：「冤家！」

黃老闆說：「杜廠長！你不知道我只有這個兒子，早就想抱孫子，新加坡名門閨秀她都看不上眼，不知怎麼弄的，他一見了蔣莫依小姐，就像是魔鬼附了身。」

杜廠長感嘆：「緣份！緣份！」

黃妻：「那怎麼辦？」

黃老闆攤攤雙手：「為了兒子，我們去蔣家拜訪吧！」

漢民高興了，擦著淚。

黃妻用手指了漢民頭：「你啊！真是沒有出息！」

自從上次婆婆在破外套取出，台灣寄來的冬梅父親的來信，使冬梅常常取出，看那封發了黃的信件，唉聲嘆氣。

旭東眼尖說：「媽！妳又在想念外公了?!」

冬梅含淚說：「政府改革開放，香港、澳門、台灣，早就開始探親了，不知道外公還在不在人間？」

旭東：「外公應該沒很老吧?!」

冬梅擦著淚水：「算起來應該八十一歲了。」

「旭陽認識人多，他可以託人打聽打聽。」旭東建議。

這時旭陽下樓來問說：「媽！打聽什麼？」

冬梅：「打聽妳在台灣的外公，還在不在人間？」
「沒問題，最近我常碰到台灣商人。」
「那這封信，你去影印一份，遇到台灣來的商人，麻煩他們打聽一下。」
「好的。」旭陽接過信，慎重地放入口袋，然後看了看母親又說：「媽！我想跟妳商量一件事。」
「好，你說。」
旭陽考慮俄頃才說：「錢芳懷孕了，經常鬧情緒，也覺得不太方便，她想……」
「你直接了當的說吧，我不是老古董。」
「錢芳的意思，想暫時搬出去住。」
旭陽望母。
想不到冬梅慨然應允：「好啊！我同意。」
旭陽意外：「媽，你真的同意，不是說氣話？！」
冬梅：「你這孩子，媽什麼時候跟你開過玩笑？」
旭陽高興地跳起來：「那我去告訴錢芳，(叫)小芳！小芳！媽同意了，媽同意了啊！」
旭陽三步兩步跑上樓。
正這時有門鈴傳來。
冬梅：「這時候，還有誰來？旭陽！你去開門看看是誰？」

旭陽去開門。

杜廠長和黃老闆全家帶了大禮進來。

冬梅意外：「原來是杜廠長來了。」

杜廠長笑著說：「今天我帶來貴賓來了。」

莫依已下班了，這時她聽了有客人來，聽了一會又關上門。

冬梅：「是嘛！請坐！請坐！」

他們坐下，素素奉茶。

漢民望了望客廳：「莫依小姐在家嗎？」

冬梅：「在，我叫她！（叫）莫依！莫依！這孩子一回家就不太高興，吃過飯就躲在自己房內，沒有出來，我也沒有注意，杜廠長！是不是我們莫依得罪黃老闆他們了？！」

黃老闆連忙急著說：「沒有！沒有！是我們得罪莫依小姐了。」

冬梅微笑說：「對不起，我還是不大懂。」

於是杜廠長說明原委。

冬梅這才恍然大悟。眉開眼笑說著：「噢！原來是這麼一回事？黃老闆！黃太太！黃少爺！我們莫依不懂事，請你們原諒！」

黃老闆：「哪裡！哪裡！能不能再叫莫依小姐，出來見一面？！」

站在一邊的旭東回答：「我去叫了，她不開門。」

冬梅說明原委：「這孩子！不過上次退回樣品那件事，的確傷了她的自尊心，因為那幅作品，付出心血太多，抱的希望也太大，最後的結果是使她失望，對她打擊不小。」

漢民也說明：「所以家父、家母今天來，是向莫依小姐說明原委，並不是作品本身不好，而是我父母親觀念有偏差。爸！媽！我們高價收購那件樣品好不好？」

黃老闆點頭允許：「好！好！」

杜廠長面露喜色，向黃老闆致謝：「謝謝！謝謝！」

冬梅站起：「你們坐坐，我再去叫叫看。」

她走上樓敲莫依房門：「莫依！你這孩子，太不懂事了，莫依！莫依！」

她聽了聽仍無動靜，只好下樓委婉地說：「大概睡著了。」

黃家大失面子，黃老闆站起：「蔣太太，既然莫依小姐不願見我們，那我們只好走了。」

杜廠長大失所望：「這，這……」

冬梅提了禮物想奉還：「這些禮物，我不能收。」

懂事的黃漢民，連忙推讓：「不！伯母！我很喜歡莫依小姐，也很喜歡她的作品，希望有轉環的餘地。」

黃妻：「對，對，本來我們想在上海玩三天，請莫依小姐做嚮導，現在我們在等她一天，她若是不願意見我們，那就算沒有緣份了，再見！」

黃妻、黃老闆先走。

漢民有點不捨，停了一下，才急步跟上。

杜廠長表示遺憾。

冬梅、旭陽送到門口。

等冬梅、旭陽來轉身關門。

莫依已下樓來站在那邊，叫了一聲：「媽！」投入母懷。

冬梅含淚撫其髮說道：「妳是不是太過份了？那個孩子看他方面大耳，堂堂正正，說話也很誠懇，是個好的孩子呀！」

莫依揚起頭說：「媽！妳放心，該是我的，跑也跑不掉！」

第二天，還是不到飯店見面。

黃家夫婦、漢民在房間內，踱步著急。

杜廠長為了一大筆生意，當然也很心焦。

黃老闆有點不耐：「蔣莫依沒有上班，也不來飯店，可見是不願意見我們了。」

黃妻也放下臉：「算了吧！憑我們在新加坡的關係，不怕找不到更好的閨女。」

漢民搓著手說：「杜伯伯！能不能麻煩妳再打個電話，看看莫依小姐出來沒有？」

「好的！好的！」杜廠長打電話。

對方無人接聽。

漢民大失所望，雙手摀臉，內心焦慮。

黃妻勸子：「漢民！不要這麼沒出息！天下女人多的是！」

黃老闆兩手一攤：「算了！算了！我們也不玩了，馬上搭飛機回新加坡！」

杜廠長急了，問說：「黃老闆！那我們合作的事？！」

「以後再說吧！」黃老闆說。

杜廠長怔住。

一架飛機，升空而去。

冬梅客廳，冬梅、莫依、杜廠長坐在那邊。

莫依低下頭。

杜廠長一臉不快指責她：「莫依！這次妳太過份了，這麼一來，不但廠裡失去一筆大買賣，妳的終身大事也錯過了。」

莫依：「廠長！妳自己憑良心說，我那件樣品，不合乎標準嗎？」

「當然不是那件樣品退回來，我們也很意外，因為的確是件珍品！」

莫依：「這不就絕了，我要教訓他們一下。」

「可是姑奶奶，人家後來登門賠不是，承認自己觀念有偏差，妳也該下台階了！」

冬梅看了莫依一眼說：「這孩子脾氣太倔了，以後是要改正。」

杜廠長望了望莫依，又看看手錶：「時候不早了，我要告辭了。」

冬梅一再致歉：「對不起！對不起！」

冬梅、莫依送杜廠長到門口。

杜廠長出。

冬梅回身歸坐。

素素抱了孩子在旁說：「莫依！那個男孩長得不錯，富富泰泰的，一看就是規矩人。」

旭東也笑說：「若是妹妹嫁到新加坡，我們就有機會去探親，妳呀！不為自己，也該為我們想想。」

冬梅一直不言，這時莫依坐過來，拉了拉母親衣：「媽！妳說吧！我錯了嗎？」

「妳沒有錯，但過份了點，妳們都不要說了，看緣分吧！有緣千里來相會，無緣見面不相識！」

黃漢民回到新加坡，思念莫依，得了相思病。

黃老闆夫婦因漢民是獨子，看見兒子整日愁眉苦臉，心也很煩。

這日黃老闆在客廳吸菸。

黃妻自內出。

黃老闆連忙問說：「怎麼樣？」

黃妻：「在喝酒，喝得爛醉，勸也不聽。」

「這孩子，太死心眼了。」

黃妻損了丈夫一眼：「還不是像你，想當年，我父母也不是很同意我們婚事，你就尋死尋活，真是有其父，必有其子！」

「你提這些幹什麼？那個蔣小姐能跟你比？！」黃老闆究竟是生意人，對老婆是時拍了一下馬屁。

「好了，別灌迷湯了，快想辦法救救孩子！」

黃老闆想了想，用手指打個響聲：「呃！上次在上海，我們跟那個叫阿嬌小姐，不是拍過照片嗎？」

黃妻：「照片洗出來了，阿嬌小姐蠻漂亮的。」

「那把這張照片給漢民看，希望他轉變目標。」

「嗯！這倒是一個不是辦法的辦法！」黃妻笑說。

漢民臥房有小茶几，漢民已八成醉意，拿著空酒瓶倒了又倒。

他語調不輕地說著：「酒！酒！」他欲站起，不支，撲在茶几上。

黃妻拿著照片進來：「漢民！你這樣糟塌自己，媽會心疼的。」

漢民抬起頭望母，叫了一聲：「媽！莫依小姐為什麼看不上我，為什麼？」

黃妻摸他頭：「大概沒有緣份吧！」

「不！我，我覺得很，很有緣份，我，我一見了她，就被她迷住了。」

「一個跛腳小姐，有什麼好？！」

「可，可是我就是喜，喜歡她！」漢民口齒不清地說著。

黃妻遞過照片：「喏！上次和阿嬌小姐拍的照片，洗出來了，你看阿嬌多漂亮？！」

黃妻將照片塞在漢民手上。

漢民眨起眼看照片，口氣不屑地說著：「我，我不喜歡，再，再漂亮，我也不喜歡！」他把照片撕了。

黃妻想阻已不及：「你這孩子，幹嘛撕照片？！」

「虛偽！做作！馬屁精，去妳的！」漢民把碎照片丟向天空，散了一地。

黃老闆進來見狀說道：「他還在發酒瘋？！」

漢民醉眼望父：「我發酒瘋？！沒，沒有，爸！我們再來乾一杯！」

他舉杯定定望父：「咦！奇怪！爸爸怎麼有兩個頭，幌來幌去，好玩！好玩！哈哈……」最後撲在書桌上，哭了。

黃老闆夫婦見狀，心中酸楚。

「怎麼辦？」黃妻問丈夫。

黃老闆：「生了這種沒出息的獨生子，還能怎麼辦？投降吧！我來問問他。」

黃老闆特別低下頭，在兒子耳朵問說：「漢民！爸問你幾個問題，你要坦白回答。」

漢民抬起頭說：「好！爸問！」

黃老闆問：「你真的很愛蔣莫依？！」

漢民醒了一半，大聲回說：「對！海枯石爛，永，永愛不渝。」

「蔣小姐有缺陷，也不嫌她？！」

「對！她的缺陷，也正是她的優點，我最討厭跳舞，她一生一世不會學跳舞了，哈哈……」漢民答。

黃夫婦互望一眼。

黃妻：「這點我事先倒是沒有想到。」

黃老闆又問：「莫依小姐脾氣不好，你也能忍受？」

「愛能改變一切，也許有一天，她會變成一隻馴服的小綿羊，小綿羊。」漢民答，他陶醉在幻想中。

黃老闆語氣慎重：「漢民！你聽清楚。」

漢民真的坐正的聽著。

黃又再問一句：「你不後悔？」

漢民堅定地回說：「不後悔！」

黃老闆正色說：「好吧！那你馬上去上海用一切的手段，把莫愁小姐給我追回來！」

漢民笑說：「是，爸！我現在可以睡覺了嗎？！」

黃老也微笑說：「你睡吧！」

漢民站起，做了個舞步，倒在床上，鼾聲大起。

冬梅客廳茶几上堆積如山的禮物。

杜廠長再度拜訪，一臉興奮。

冬梅、莫依、旭東、素素站一旁。

杜廠長指手畫腳，誇大說著：「想不到，想不到啊！黃漢民對莫依一見鍾情，到了新加坡害起相思病來，黃老闆只好同意漢民再次來上海，這次來大手筆啊！」

「大手筆？！」冬梅不解。

杜廠長：「黃家專門收購莫依的作品，不管完成的還是未完成的，一概收購。」

冬梅訝異：「有這種事？！」

杜廠長：「上次那件退回來的樣品，更是六倍的高價收購！」

旭東叫了起來：「哇！妹妹！恭喜啊！」

杜廠長：「還有莫依以前在杭州分廠的作品，也一併收購，這個面子足了吧！」

素素也拉了莫依一下：「莫依！」高興叫了起來。

莫依太意外了，呆在那邊。

冬梅興奮感嘆：「太意外了，真是太意外了，這樣看來，黃家是很誠意的！」

杜廠長：「這件事，驚動了蘇繡界，新聞記者也得到消息了，肯定明天見報！」

莫依搖頭：「不要！不要！我不要見報！」

杜廠長：「好，好，那我來想辦法壓一壓！」

冬梅這才想起：「杜廠長！那黃漢民那孩子呢？」

杜廠長：「在門口車子裡。」

冬梅：「怎麼不進來？！」

杜廠長：「他怕莫依不見他！」

莫依羞的雙手掩臉。

冬梅：「旭東！你快去請他進來。」

旭東應了一聲：「是！」就大步走了出去。

莫依欲躲，被素素攔住。

少頃，旭東偕漢民進來，他見了莫依，停步不前。

莫依雙眼含淚望他。

冬梅推了莫依一下，莫依伸出手來，兩人相握。

漢民叫了一聲：「莫依！」

莫依羞地低頭：「你好傻，好傻！」

「傻的可愛啊！」素素說著。

莫依羞地低下頭輕說：「我不來了。」

她想躲，被漢民緊緊拉住。

莫依再度望他。

漢民坦言：「妳懂我的心意嗎？」

莫依點頭：「不過我有個條件。」

「請說！」漢民說。

莫依說出心裡話：「我一直有個夢，就是想承包一個小型蘇繡廠，等這個成功了，再談婚事！」

漢民：「好！我支持妳！」

但杜廠長大叫起來：「我不同意！」

冬梅急問：「杜廠長！妳怎麼啦？」

杜廠長：「莫依小姐承包蘇繡廠，那不是我的生意全搶光了！」

漢民：「這點你放心，我不會過河拆橋的。」

杜廠長這才釋懷開朗笑著：「哈哈！開玩笑，開玩笑！生意人人會做，巧妙各有不同，莫依！預祝妳成功！」

冬梅十分高興：「旭東！你打電話通知旭陽、錢芳、莫愁，要他們今天晚上回家吃飯，見見我未來的乘龍快婿。」

莫依羞地叫了一聲媽，就躲開了。

漢民也羞地搓手低頭。

（二十九）

蔣、羅兩家處境對比，蔣家因冬梅持家有方，子女各個上進，苦盡甘來，先苦後甜，一帆風順。

羅家呢？因妻兒一念之差，害了羅世廷撤職查辦，處境一落千丈，造成先甜後苦，後續還有意外事故發生，令人心酸。

美國青年喬治住處，喬治持酒杯，喝著酒。

小娟推門進來，兩人望了一眼，無語。

「總算還記得回來！」少頃，喬治才不滿地說。

小娟：「什麼意思？」

喬治指手錶：「妳看看現在幾點了？！」

「到鄉下看我爸媽去了。」

「他們還好吧？！」

小娟搖頭。

「不知道？！」喬治問。

「不好！」

「妳們中國人常說的，什麼？什麼自作孽不可活。」

「罵人的話，你學了不少。」

喬治放下酒杯，走過去挽小娟肩，輕輕叫了一聲：「親愛的！」

小娟嫌煩地躲開。

「怎麼啦？什麼事心理不痛快？」

「我爸媽看見我一身傷，要找你算賬！」

喬治微笑：「好，歡迎，上次你媽在我這兒住了一個星期的飯錢、住宿錢，還沒有算。」

小娟損了他一眼：「你是不是人？！」

喬治如老貓戲弄小鼠，笑著說：「親愛的，我最喜歡看妳生氣的樣兒。」

「賤！」小娟沒好氣。

喬治又嘻皮笑臉與小娟耳語。

「你是畜生，只知道這個！」

「妳們的孔老夫子都說：食色性也，我是凡人，怎麼能免俗？！」

「今天不行，我很累。」

「妳不履行夫婦義務，這妳就不對了？」

「那我問你，我去美國的事怎麼樣了？」

「正在辦！」喬治有口無心。

「問你嘛，都是回答正在辦，究竟辦了沒有？你說！你說啊！」

喬治這才正色答：「好吧！我索性告訴妳吧，在美國我有未婚妻，我父親不同意我們的婚事。」

小娟一聽極為意外：「什麼？照你這麼說，我們的婚姻是無效的？！」

「嗯哼！」喬治鼻聲回答。

小娟氣了，一臉怒色：「那你當初為什麼騙我？」

「不是我騙妳，是我父母不同意，我沒有辦法。」喬治一再推卸。

小娟雙手掩臉哭了：「我恨妳！我恨妳！」

「好聚好散吧，我已調回美國，明天就要回去了。」

小娟更是意外：「呃？！妳明天就要回美國，今天夜裡才告訴我？！」

「是臨時通知的，我也是下午才知道。」

小娟咬牙切齒：「好，很好，我作了一場噩夢。」

喬治挽著她：「小娟！我也捨不得妳，讓我們今天好好聚一聚好不好？」

「好！」她心裡恨的回答。

喬治親了她的臉頰一下：「對，這才是我的好老婆，我先去洗個澡。」

喬治進入浴室。

小娟恨之入骨，咬牙考慮什麼？她找到一把剪刀，走入臥室放在枕下。

冬梅在客廳。

＊　＊　＊　＊　＊

冬梅等吃著水果，一邊四望有感而言：「旭陽、錢芳搬出去，冷清多了。」

旭東：「媽！妳也真是的，他們在，妳心煩，搬走了，又惦念他們。」

冬梅嘆了一口氣：「唉！這就是天下父母心。」

素素：「莫依！妳說妳跟新加坡黃漢民的情形吧！」

「無可奉告。」莫依低下頭，羞的。

素素：「算了，兩天一封信，情話綿綿。」

莫依想起一件事說：「對了，媽！黃漢民前個時候去了台灣，我已經請她順便，打聽外公的下落。」

冬梅：「我也不抱很大的希望，只是盡人事而已。」

這時電話鈴響，莫依接聽。

「喂！請莫依小姐聽電話。」對方一個男音說。

「我就是妳是哪位？」

「我的聲音妳還聽不出來？我是漢民呀！」

「漢民！你現在在哪兒？」

「我在台灣。」

莫依驚喜：「你去台灣了，上次我拜託你打聽我外公的事，有沒有消息？」

漢民：「告訴妳好消息，我已經找到外公了。」

莫依以為聽錯，再問一遍：「什麼？你再說一遍。」

漢民說：「我說我已經找到妳外公了！」

莫依驚叫：「媽！漢民在台灣找到外公了。」

眾人振奮。

冬梅搶過電話急問：「漢民！我是莫依的母親，妳說妳已經找到我爸了？！」

漢民：「是的！伯母！我費了很大的勁，我去江蘇同鄉會才查到的。」

「你見過我爸沒有？」冬梅急問。

漢民：「見過了。」

「我爸身體狀況怎麼樣？」

「老了，當然是老了，不過健康情況還好。」

冬梅大聲叫著：「真的？！太謝謝你了，我爸家裡有電話嗎？」

「有，請拿筆記一下。」

冬梅要莫依找來筆紙，她一邊聽，一邊記著：「嗯02，這是地區號嗎，還有號碼2942……，嗯，嗯，嗯，我記下來了，我馬上跟我爸聯絡，漢民，我非常感謝你，你真是一個好孩子，要不要再跟莫依講話？」

冬梅將聽筒交莫依，莫依說：「漢民！電話費很貴，我們通信吧！」

漢民：「讓我親妳一下。」他真的親了一下。

莫依羞的掛電話。

冬梅早就向電信局打聽過，打台灣電話要加什麼號碼，現在有了台灣家父電話號碼，一撥就通了。對方一個老男人的聲音：「喂！」

冬梅問了一句：「請問您是台北嗎？」

江父：「是的，找誰講話？」

冬梅：「請問，江樹海老先生在嗎？」

「我就是江樹海，妳是誰？」

冬梅一聽，是父親的聲音，激動極點，眼淚就流下來了，聲音梗塞，一時不知說什麼。

江父：「喂！喂！妳怎麼不說話？！」

冬梅這才大叫了一聲：「爸！我是冬梅啊！」

江父也意外：「妳，妳是冬梅？妳在那裡？」

冬梅已淚流滿臉：「我在上海，爸！您老人家還記得我嗎？」

江父也哭說：「怎麼不記得？！妳是我親生的閨女呀！」

冬梅拿著聽筒痛哭：「爸！……啊……」

江父哽咽地：「孩子！妳先不要哭，我問妳幾句話！」

冬梅一邊擦淚一邊說：「爸！請說！」

江父：「妳媽還在嗎？」

「新中國成立沒多久，她老人家就積勞成疾過世了。」

江父哽咽：「噢！妳結婚了嗎？」

冬梅：「女兒也兒女成群了，在我身邊就有老大、老大媳婦、老四小女兒，他們要跟您講話。」

旭東搶過電話聽筒說：「外公！我是老大蔣旭東，外公好！」

江父高興地：「好，好。」

素素搶過電話：「外公！我是蔣旭東的妻子，外公好！」

江父也高興地：「好！好！」

莫依接過電話：「我是老四蔣莫依，外公好！我們想念您，外公！什麼時候來大陸？」

江父高興地：「哈哈！我就想來了，恨不得馬上飛過來。」

莫依：「外公！您等一下，我媽跟妳說話。」

冬梅接過電話：「爸！快把地址告訴我，我用筆記了，嗯，台北縣中和市秀朗路三段10巷……，嗯，好的，我馬上寫信給爸，匯報我這邊的一切，爸！您要保重身體，女兒很好，女兒太高興了。」她已哽咽不成聲了：「爸！再見！」

冬梅掛上聽筒，就掩臉嚎啕大哭。

其他人也喜極而泣。

正這時電話鈴響，莫依接聽：「哦！是的，我是莫依，什麼？好，請等一下。」

莫依在交聽筒給冬梅時，加了一句：「姑媽在哭，不知道發生什麼事？！」

冬梅擦了熱淚，接聽：「喂！我是冬梅，妳先別哭，發生什麼事了？（大驚）什麼？小娟出事了？！」

冬梅拿著聽筒呆在那邊。

莫依關心：「媽！怎麼啦？！」

旭東也關心：「媽！小娟發生什麼事了？」

冬梅呆呆地說：「那個美國人受到嚴重傷害，小娟向警方自首了，旭東！妳陪我去走一趟吧！」

素素：「姑姑家流年不利啊！」

醫院病房。

喬治躺在床上，打著點滴。

護士小姐弄著什麼。

冬梅與旭東輕悄悄進來。

護士小姐望冬梅。

冬梅輕問：「嚴重嗎？」

護士:「流了很多血。」

喬治睜開眼，見是冬梅，流下眼淚。

冬梅替他擦淚。

喬治好像下體痛，歪歪嘴說:「我那個毛病是不好，可是她不該下這種毒手?!」

冬梅無語。

喬治:「妳們中國人說”不孝有三，無後為大“，我們美國人也要傳宗接代！她，她太狠毒了！」

喬治說到這裡，又流下眼淚。

冬梅先去醫院看望喬治，了解情形，又去警局探望小娟。

小娟穿了囚服會見:「他說我狠毒，他自己就不狠毒了?!他存心就是欺侮我，玩弄我，虐待我，舅媽!妳看我全身傷痕累累，我實在忍無可忍之下，才失去理智!」

冬梅感嘆:「唉!真是走錯一步棋，滿盤皆輸!」

旭東:「表妹!不是我說妳，當初妳想去美國的動機，就不正當，我從來沒有這個想法，不是也活得很愉快?!」

小娟低頭。

冬梅:「孩子!旁的傷還好處理，這種傷是影響一生一世的，妳是太過份了點!」

小娟咬牙切地說：「舅媽！我是以牙還牙，以血還血，我並不後悔！」

冬梅：「唉！我去看看警局，鄭分局長，能不能拉妳一把？！」

冬梅馬不停蹄，又去拜望鄭分局長。

鄭分局長查後：「很難，這是國際傷害事件，我還是第一次遇見，棘手！棘手啊！」

羅世廷小屋，永娟又是瘋狀，她長髮披肩，目光遲滯，正在一根一根數頭髮。

世廷一臉枯槁站在窗前。

冬梅和旭東推門進來。

世廷輕語：「來了。」

佳佳擦淚招呼：「乾媽！」

旭東：「姑父！」就不多言。

世廷手勢請他們坐，冬梅卻走近永娟，叫了一聲：「永娟！」

永娟不理，仍然一根根裡著頭髮。

冬梅望世廷。

世廷說明：「這幾天他本來就精神恍惚，今天夜裡得了這個消息，她打電話給妳以後，就變成這個樣兒了。」

佳佳擦淚。

冬梅同情搖頭：「我去看過喬治、小娟、鄭分局長。」

世廷望她。

冬梅：「這是國際嚴重傷害事件，鄭分局長也很棘手。」

世廷：「我能理解，（他心痛地）為什麼一件件不愉快的事情，都發生在我們羅家？是我？是我公務太忙，疏於管教子女。」

又用手指了指永娟：「是她，未盡做母親的責任，現在種瓜得瓜，種豆得豆，後悔莫及啊！」

世廷說著說著不禁嗚咽不能成聲。

冬梅不知說什麼，只有搖頭嘆息：「唉！」

永娟仍然痴呆，喃喃地說著：「嘻嘻！抬頭向錢看，低頭向錢看，只要有錢看，才能向前看，嘻嘻……」

世廷火了，大聲喝著：「好了，什麼時候了？還在向錢看？」

永娟怕的，縮在屋角，拉了一個枕頭抱著拍著：「小娟，不要怕，媽媽在這裡，天大的事，都不用怕，哦，呃，寶寶乖乖……啊……」

世廷哽咽地說：「她已經瘋了啊！冬梅！妳看怎麼辦？」

冬梅：「明天送精神病院吧！」

世廷擦淚：「麻煩妳了，不好意思。」

世廷快步入室關了門，嚎啕大哭起來。

冬梅敲門說：「世廷！妳要保重啊！千萬不能倒下去，妳要撐著，你要咬牙撐著！」

旭陽新居，錢芳挺了個小肚子，端來葡萄與旭陽兩人吃著。

錢芳：「聽說小娟出事了。」

旭陽：「我聽媽媽說了，昨天一夜，她老人家沒有睡，東奔西走一個晚上。」

錢芳：「我們能不能幫上一點忙？」

旭陽：「這是國際傷害事件，有什麼辦法？我看我們只能在金錢方面，接濟姑父一點。」

錢芳：「上次說工作的事？！」

旭陽：「我也想過，姑父在鄉下，那邊我們公司有倉庫，不然請他去看看倉庫，不知道行不行？」

錢芳：「他一個人是不行的，他年老體衰，萬一發生事件，他無能為力。」

旭陽：「我看看情形再說吧！」

錢芳：「小軍呢？最近見過沒有？」

「有天他來找我，要我合夥做進出口生意，我沒有答應。」

錢芳:「他倒是好，家裡發生這麼大的事，他不聞不問。」

世廷小屋，小軍低頭坐在那邊。

世廷在教訓他:「妳妹妹出事了，妳媽受刺激過度，送進瘋人院，你倒好，在外吃喝玩樂，不問不聞。」

小軍:「爸!這不能怪我，我不知道啊!」

世廷:「我要佳佳打電話找你，幾乎上海找遍了，也沒有你的影子。」

佳佳這才問了一句:「小軍!最近你究竟在忙什麼?」

小軍:「做生意。」

佳佳:「做什麼生意?」

「目前我不能告訴你，反正是進出口貿易生意，我要把握政府改革，開放時機大撈一筆。」

世廷:「小軍!我們雖然倒下去了，不能再走邪路，要走正道，總有一天，我們東山再起啊!」

「爸!你這句話，正是我心中的話，不出一年半載，我就要鹹魚大翻身了，你等著吧!」

世廷欣慰:「那就好，那就好!」

「小軍!你把外面的電話和地址告訴我。」佳佳急著說。

小軍:「幹什麼?」

佳佳：「我乾媽說，要我盯緊一點，不能再出事了！」

小軍氣地：「妳告訴那個老太婆！以後我們家的事，她少管！」

世廷一聽火冒三丈：「你這個畜生！」氣得咳起來。

佳佳連忙替世廷敲背。

世廷手顫抖地指他：「你有沒有良心？你舅媽忙碌奔波，為我們家出力出錢，你不能說這種喪心病狂的話！」

小軍摸出一疊錢，放在桌上：「爸！這點錢，你留作家用吧！」

世廷怒目：「我不希罕，你給我拿回去，滾！滾！」

世廷將錢丟向他。

小軍遲疑一陣，才快步走出。

佳佳急喊：「小軍！小軍！」

小軍走了。

佳佳雙手掩臉輕泣。

（三十）

羅家境況淒慘，蔣家呢？蔣莫愁正在上海拍電影。

這是戲中戲”我愛我夫“最後一場。

莫愁飾演鳳鳳肺癌末期斜躺在病床上，她長髮披肩，面目枯槁。

化妝師正在替她化妝。

導演胡家華在旁說明劇情：「鳳鳳肺癌末期，面目枯瘦，聲如游絲，這時是她死前迴光返照的時候，她和丈夫馬俊恩愛逾恆，鳳鳳唯一丟不下的，是這個深愛的可以做她父親的丈夫……。」

在胡導演說劇情時，其他燈光師、美術師等做著自己的事。

化妝師化妝畢，對胡導演說：「胡導！這樣可以嗎？」

胡導注視病人：「稍微加一點紅腮，因為她是迴光返照。」

化妝師替莫愁輕拍粉。

「不要太多，隱約有點血紅就可以。」胡導說。

化妝師又修正：「這樣可以嗎？」

胡導：「可以！」

莫愁迅即拿出劇本看著。

胡導大聲喊著：「燈光好了沒有？」

燈光也大聲答：「OK！」

胡導：「道具連戲的好了沒有？！」

道具師：「OK！」

胡導：「攝影師準備好了沒有？」

攝影師：「好了！」

胡導又教著：「準備反光板！」

持反光板工作者，以持反光板聽命胡導指揮。

「飾演丈夫的馬俊，要不要看看劇本？！」

馬俊微笑答：「不用。」

胡導右手手掌上升，就要開拍，看莫愁還在看劇本，連忙提醒輕叫一聲：「莫愁！」

莫愁迅即收據本，丟進床下，斜躺在病床上，坐好，化妝師又替她整理長髮披肩，一切就緒。

胡導這才大聲下令：「準備！……開拍！」

攝影師開機。

男主角馬俊跪在床下，握著鳳鳳手，兩眼含淚，望著她，感情地輕叫著：「鳳鳳！我的鳳鳳！」

鳳鳳聲如油絲：「俊！不要難過，讓我高高興興地走吧！」

馬俊：「不！」眼淚流下了。

鳳鳳：「人，總是要死的，生、老、病、死，這是自然的法則，誰也無法逃避。」

馬俊：「可是妳還這麼年輕，才二十九歲，錦繡年華，上帝啊！您拆我陽壽十年吧！賜予鳳鳳，讓她再活十年，僅僅十年……」

馬俊已哽咽不能成聲。

鳳鳳替他擦淚說著：「俊！別難過了，想起我們衝破種種阻礙，結為夫妻八年來，你待我體貼入微，我也待你百依百順，由於年齡的差距，朋友們都說我們不能維持三年，我們卻恩愛逾恆，度過了八年，有時我也想，是不是我們感情太好了，遭人慕天妒，才使我患上了絕症……」她說到這裡突然輕咳了起來。

馬俊連忙遞上一杯水。

鳳鳳喝了。

馬俊：「妳別說了。」

鳳鳳又輕聲說著：「我這個時候精神很好，大概是迴光返照吧！」

「不！鳳鳳！我的鳳鳳，別說這種話了。」

「我要說，趁我還有一口氣在，我要說我的感觸，俊！你知道我的小姊妹怎麼說我們嗎？」

這時馬俊已坐在床上，摟住她：「說什麼？」

「他們說我們是五全夫妻。」

「五全夫妻？！」馬俊不解。

「嗯，他們說出我內心的感覺，說你除了是我丈夫以外，還是我的父親、我的老師、我的情人，我的朋友！」

「是這麼說的嗎？」

鳳鳳：「是的，是的。」

馬俊：「那妳想知道我是怎麼看妳的？」

鳳鳳搖頭。

馬俊：「我一直把妳當女兒，當心肝、當寶貝、當拐杖、當護士……」

鳳鳳：「現在一定使你失望了？」

馬俊搖頭：「鳳鳳！妳不能先我而去，妳一向很有愛心！妳怎麼能不管我呢？我老的時候，還需要妳照料呢？」

馬俊哭倒在她懷裡了。

鳳鳳也雙淚直流：「傻！我已經替你安排好了。」

馬俊擦了淚，仍抱著鳳鳳問說：「替我安排什麼？」

「我已經委託她，替我來照顧你。」

馬俊：「妳胡說什麼？」

鳳鳳：「是真的，她文靜、善良，人也漂亮，做事認真負責。」

馬俊怔住了：「妳是說……」

鳳鳳：「我的特別護士，香玲小姐，我按鈴叫她進來。」

馬俊立阻：「不！不可以，我要的是妳，永遠永遠是妳！」

鳳鳳：「可我馬上就要走了。」

馬俊流淚滿臉：「若是真有這一天，我也不會再娶了，沒有任何人可以填補這個位置。」

鳳鳳：「妳真傻！妳真傻！」

她累了有氣無力。

馬俊定定注視她：「閉眼休息一下吧，嗳？」

鳳鳳語氣更無力了：「我不能閉眼，我一閉眼，也許再也醒不過來了，俊！我要叫你，喊你……」

馬俊：「在我們最親蜜得時候，妳常常喊我”爸“」

鳳鳳非常非常感情地叫了一聲「爸！」

馬俊抱緊了她：「嗯！」

鳳鳳：「爸！我不要離開你！你抱著我，我好舒服，我現在累了，我，我要休息，我要永遠永遠睡在你懷裡（夢囈般）爸！你親親我。」

馬俊輕吻她一下。

鳳鳳：「八年來，你深深愛著我，我也死而無憾了。」她的聲音越來越低，越來越輕，她終於閉上眼。

仙樂起。

鳳鳳手鬆開了。

馬俊輕而感情地說：「鳳鳳！乖乖走吧！天堂裡沒有煩惱，沒有苦難，想我的時候，像一陣風一樣，來看看我，嗳！」

馬俊淚流滿臉，她輕輕放下鳳鳳，下床打開門，他取來無數鮮花，將花放在鳳鳳四週。

鳳鳳微笑的臉。

馬俊跪在床下，狂喊：「鳳鳳！」

房間有回音。

胡導指揮攝影師，鏡頭後退，後退。

胡導揚起手大叫：「卡！」

眾人鼓掌。

胡導：「我愛，我夫」全部殺青，謝謝各位！」

曹製片指揮，收燈光，收道具、板景，眾人忙碌著。

胡導走到偏靜處吸菸。

莫愁下床，走來：「胡導還可以嗎？！」

「很好！」胡導背身說著：「很好！」

莫愁：「不需要重拍了。」

胡導還是背身答：「不要。」

莫愁：「要不要補鏡頭？」

胡導（背身）：「我看不需要，一氣呵成，非常好！」

「謝謝你，胡導！」

她伸出手欲相握，胡導仍是背身，她訝異她輕拍胡導肩，胡導轉身，滿臉是淚水。

莫愁非常驚訝地說：「胡導！你哭了？你感動地哭了，（大叫）喂！你們大家來啊！胡導感動地哭了。」

演馬俊的演員走來，握胡導手，激動地說：「胡導，我演戲演了二十年，還是第一次感動了導演，謝謝你。」

胡導演擦了淚水，注視莫愁：「殺青酒後，到浦東我家坐坐。」

莫愁一口應允：「好的，聽說導演夫人非常賢慧。」

胡導：「快去卸妝，要收工了。」

莫愁親了胡導臉頰一下，胡導待在那邊。

胡導開著自用轎車，莫愁坐在副駕駛座位，兩人無語。

莫愁望了望胡家華說：「胡導！跟我說說話好不好？這樣彆扭死了。」

胡導：「是不是殺青了，很興奮？」

「大概是吧。」莫愁答。

胡導：「很抱歉！今天我心情不好。」

「家裡發生什麼事了？！」

胡導搖頭。

莫愁：「胡導！我們在一起拍戲幾年了，你給人的印象是過於沉默寡言，有時候沉默地令人可怕。」

「是嗎？！」

莫愁打破砂鍋問到底：「幾年來，幾年來你從來不邀請人到你府上去，今天是怎麼啦？月亮從西邊出來的？！」

胡導望了她一眼：「老實告訴妳吧，我是受人之託！」

莫愁訝異：「受人之託？！受誰之託？」

胡導：「待會妳就知道了。」

莫愁笑了笑：「胡導，我們不是在拍懸疑的戲吧？！」

「人生如戲，戲如人生！」胡導答。

「胡導！今天你怪怪的，我不跟你說了。」

莫愁坐直身，望著前方。

一輛半新的轎車，駛過街道，駛過農村，到達了一兩層樓房門前停下。

胡導與莫愁下車，胡導用鑰匙開門。

莫愁：「胡導！我第一次到府上來，沒有買一點東西？」

「不要緊，請吧！」

胡導與莫愁進入客廳，房子不大，但布置不俗。

莫愁四望：「胡夫人呢？」

胡導指了指樓上。

這時一個穿護士裝的護士下樓來。

護士：「胡導！回來了，你愛人問了好幾遍了。」

胡導作了請的手勢。

莫愁不知所以跟著上樓。

胡導推開房門。

胡妻躺在床上，掛了氧氣。

莫愁怔住了。

胡導微笑說：「這是我愛人。」

莫愁極意外，待在那邊。

胡導走向妻，在她額上吻了一下。

胡妻招護士：「把氧氣拿掉。」

護士望胡導：「這……」

胡妻有氣無力說：「一會兒，不要緊的。」

護士拿掉氧氣，又抱她斜躺在床頭。

胡妻長髮披肩，面龐清秀而枯瘦。

胡妻：「給我擦點口紅。」

護士照作，又拿小鏡給她看了看。

胡妻：「你們暫時出去一下，我要和莫愁小姐說幾句知心的話。」

胡導：「不要太久了。」

胡妻點了點頭。

胡導與護士走出。

胡妻這才作手勢，要莫愁坐近一點。

莫愁聽從坐在床前。

胡妻注視莫愁輕說：「嗯，是漂亮，本人比劇照更標致。」

莫愁輕答：「哪裡，夫人太誇獎了。」

「我病了三年，肺癌已到末期，我能活這麼久，醫生都說是奇蹟。」

莫愁更意外地望著胡妻。

胡妻又說：「家華一直誇妳，說妳人漂亮、聰明、善良，拍戲的時候，妳照顧他很多。」

「不，是胡導照顧我。」

胡妻笑了笑：「戲殺青了？！」

莫愁點頭。

「結尾很淒慘吧？」胡妻說著。

莫愁又點了點頭。

胡妻：「我看過這個劇本，是我建議，家華採用的。」

莫愁：「難怪胡導拍完戲後，一個人躲在一旁哭了，我和男主角還以為是戲感動了胡導，現在我才知道，他是因感而……」

胡妻淚水盈眶：「唉！我和家華就像戲中一對夫妻，恩愛逾恆，五年如一日。」

莫愁：「你們沒有小孩？」

胡妻搖頭：「我一向身子不好，像林黛玉林妹妹，我真不知道家華為什麼這麼喜歡我？」

莫愁：「緣份吧！」

胡妻：「大概是吧，我也覺得跟妳也很有緣份！」

「謝謝！」

胡妻望了莫愁一眼說：「假如我不生病，我一定認妳這個妹妹。」

莫愁眼紅了：「現在也可以。」

胡妻：「妳不嫌棄？！」

莫愁搖頭。

胡妻喜悅：「那是對一個不久於人世的人，是一種恩寵！」

莫愁流淚了：「不！妳能認我這個妹妹，是我的榮幸。」

胡妻也哭了：「那我叫妳妹妹了！」

乖巧的莫愁立即緊抓胡妻雙手，感情地叫著：「姐！姐！」

「我不知道妳病著，我真的不知道，胡導和曹製片也守口如瓶，若是早知道，我早就來看妳了。」

胡妻聽了，甚慰：「我早就想見見妳，是家華一天拖一天，妹妹，家華待妳好嗎？」

「拍戲的時候像嚴師，不拍戲的時候，待我像妹妹。」莫愁說了實話。

胡妻：「這個人啦！他一直內心非常非常愛著妳。」

莫愁急辯：「沒，沒有，不可能！」

胡妻：「我們家華很內向，雖然是名導演，輪到自己卻不知如何表達，他是一個老實人。」

「我同意。」莫愁點頭。

「妳呢？妳喜歡他嗎？」胡妻這才說出正題。

莫愁實答：「我很尊敬他，敬他像老師，像兄長，崇拜他！」

胡妻嫣然一笑：「妳們這一對啊！我替妳們著急。」

「妳替我著急？」莫愁不解。

「嗯，我是怕妳被別人追走了。」

莫愁也笑了笑說：「討我好的男士不少，可是由於上次星探那事件，我怕極了。」

「噢！那我放心了。」胡妻安慰地閉了一會目。

莫愁還是不知胡妻意圖，待在那邊。

胡妻抓莫愁手：「妹妹！」

莫愁：「姐！」

「我的日子不多了。」胡妻說。

「不，妳會好起來的，胡導會找上海最有權威的醫生來為妳治療。」

胡妻搖了搖頭：「沒有用，醫生只能醫病，不能醫命。」

又說：「妹妹！妳知道我為什麼請妳來？！」

莫愁又搖頭。

胡妻：「我是有事相托。」

莫愁不解望她。

胡妻：「我走了，唯一不放心的，是家華。」

「妳是說……」

「妹妹！妳跟家華志同道合，除了妳，我沒有人可以託付了。」

莫愁站了起來：「不！請不要這樣說。」

胡妻變色：「妳不喜歡家華？！」

「也不是。」莫愁說。

「那我下床來，對妳跪下來，求妳！」

莫愁急說：「不，不，千萬使不得！」

「那妳答應了？！」

莫愁哭了，投向胡妻懷抱，叫著：「姐姐！姐姐！」

兩個女人擁抱痛哭。

胡妻有些暈厥。

莫愁大叫：「來人啦！快來人啦！」

護士與胡導推門進。

護士小姐把氧氣套上胡妻鼻。

胡妻才呼吸穩定。

家華站一邊。

莫愁有些害羞轉身。

胡妻望了他們一眼，音弱地說：「家華！我的福分淺，不能跟妳白頭偕老，但我們這些年，恩愛非常，我也死而無憾了。」

胡家華點頭擦淚。

胡妻：「我已認莫愁做妹妹了，她也已答應今後照顧你，妹妹……」

莫愁轉身看胡妻。

胡妻：「把你們兩人的手給我。」

家華與莫愁伸出手，胡妻把他們兩人手疊在一起：「妹妹！謝謝妳！」

莫愁再次哭倒在胡妻懷裡：「姐……」

胡妻也淚流滿臉，撫其髮：「妹妹！我的妹妹！」

胡導一邊擦淚一邊說：「曹製片在客廳，他會送你回家。」

莫愁站起，擦淚，他望胡妻又望胡導。然後步出。

曹製片開著半新轎車送莫愁回家。

莫愁一直擦淚。

曹製片也雙眼紅紅地：「我跟胡導合作多年，連我也不知道他夫人病重，他真是保密到家。」

莫愁望他一眼未語。

曹製片又說：「說起來也奇怪，一對非常恩愛的夫妻，常常是不能白頭偕老的。」

他倆沉默無語。

曹製片：「胡導是個難得的男人，在影劇圈這許多年，從來沒有桃色新聞，也很少參加外面應酬，他一收工就急著打電話回家，或匆匆趕回家，原來他是這麼愛他的妻子。」
莫愁哽咽：「我沒有想到，我真的沒有想到。」
曹製片看了莫愁一眼：「不過，他在我面前，他一直誇妳，把愛藏在心底，不敢向妳表露，他就是這個怪人！」
莫愁：「我心裡好亂，我心裡好亂啊！」
莫愁雙手掩臉痛哭。
莫愁回到家，家人已睡，她關了門，開了燈，一人在客廳踱步，冬梅披衣走出。
莫愁叫了一聲：「媽！」
「回來了，戲殺青了！」母問。
莫愁點頭。
「怎麼不睡覺，一個人在客廳走來走去？」
莫愁搖頭，心事重重。
冬梅心語：「這孩子怎麼啦？有心事？」
莫愁這時坐在沙發上，冬梅坐在一旁，摸他額。
莫愁終投入母懷，叫了一聲：「媽！」
冬梅訝異：「莫愁！每次戲殺青回來都很高興，喋喋不休，告訴我這個，告訴我那個，今天怎麼啦？」
莫愁：「媽！今天妳別問，讓我靜靜休息一下。」

冬梅損她一眼：「我看妳是越長越小了。」

莫愁終於忍不住哭了起來：「媽！媽！啊……」

冬梅一怔：「是誰欺侮妳了？！」

莫愁搖頭。

這時電話鈴響了起來。

冬梅疑惑：「這個時候還有誰來電話？」她隨手拿起聽筒接聽：「喂！是的，是蔣家，哦！是曹製片還沒有睡，妳等一下。」

莫愁接聽：「曹製片，我是莫愁，什麼？」莫愁呆在那邊。

冬梅替她掛上聽筒：「孩子！究竟發生什麼事了？」

「導演的愛人，癌症死了！」

冬梅也意外：「呃！」

這已是冬天，寒流來的早，天空大雪紛飛。

一個不修邊幅的男人，在一座墳前憑弔，墓碑上刻著”慧慧愛妻之墓“夫胡家華敬立字樣。

少頃莫愁走近。

雪下在兩人身上，已成兩個雪人。

「胡導！回去吧！」莫愁勸著。

胡導未理，仍嗚咽著。

「兩週了，妳不吃不睡，身體會弄垮的。」

胡導冷冷地：「妳先回去吧！」

「慧慧姐生前叮我照顧你，我不能管你啊！回去吧吧！呃？」

莫愁來拉胡家華，胡注視一會墓碑，才在莫愁攙扶下離去。

胡導客廳，窗外仍下著雪。

胡導坐在那邊，面目哀戚。

莫愁端來兩杯熱咖啡：「喝了吧，暖和一點。」

胡導端咖啡喝著。

「從今天起，我要好好管你，你不能再這麼消沉下去，就是慧慧姐地下有知，也不會答應的。」

胡導想說又止。

「你們夫妻雖然感情很好，可是人死不能復活，你要節哀順變啊！」

這時曹製片拍著雪花進來。接腔：「對！莫愁這句話說得對，應該打起精神來。」

莫愁再去端杯咖啡，交在曹製片手裡。

曹製片一邊喝著熱咖啡，一邊又勸著：「老實說，你不為自己，也該為莫愁著想，這些天，莫愁對你，可以說是仁盡義至了。」

胡導這才情深的看了莫愁一眼。

（三十一）

冬梅家客廳快吃晚餐了，素素、莫依在弄菜飯。

冬梅擺著碗筷。

旭東提了個包包叫著進來：「媽！媽！好消息，台灣外公來信了。」

冬梅驚喜：「真的？！快給我看。」

冬梅接過信，激動異常，連忙帶了老花眼鏡，拆信看著。

信這麼寫著：「冬梅吾女，那天在電話裡聽到妳叫我爸爸的聲音，使我驚喜萬分，今天看了妳的來信，知道妳和子女都很有出息，更使我高興萬分，我早就想回祖國來了，那畢竟是我生長的地方，我已經決定下個月五日，和妳台灣籍母親一同來上海，希望妳到機場來接我，至於五日什麼班機？何時到達？等訂了機票，電話告知，冬梅吾女，我們父女就快要見面了，我興奮地每夜失眠，但身體狀況還好，其他見面談，茲附寄照片一張，祝妳們全家安康，父親江樹海親筆。

冬梅看到這裡，已淚流滿面，看著照片，輕叫著：「爸！爸！她老人家頭髮全白了。」

「外公怎麼說？」旭東問說。

冬梅：「他老人家下個月五號就要來大陸了。」

素素拍手叫著：「太好了，讓我算算看，最近我們家喜事連連，下個月一號，莫依的蘇繡場開幕，下個月外公來，下個月十號上海電影節，莫愁可能得獎，還有……」

「還有二嫂，將生寶寶。」莫愁也接著說。

旭東：「還有……」

莫依不解：「還有什麼？」

旭東：「咦！還有我家兩個妹妹都將要做新娘子了。」

莫依羞地：「哥哥好壞。」

旭東：「怎麼？我說錯了？新加坡的黃漢民不是說，他來參加妳們的蘇繡廠開幕後，不再回去了，要等到作上海的新姑爺。」

莫依望母：「媽！蘇繡場開幕，我想請媽和姐剪綵。」

冬梅連忙搖手：「不！不！我何德何能？哪有資格剪綵？」

莫依：「媽！我們兄妹能有今天，都是媽一手調教出來的，我不管，反正我覺得媽最偉大，您要給我帶來福氣。」

冬梅終於笑著答應：「好吧！好吧！妳這麼一說，我就不得不答應了。」

「謝謝媽！謝謝媽！」莫依高興地抱著母親親著。

蘇繡坊大門口，爆竹燃放著，門口張燈結綵，圍了不少人。

冬梅、莫愁穿了新衣，胸前戴有花朵剪綵。

莫依、黃漢民也一身新裝配花朵，在門口招待。

旭陽、錢芳、旭東、素素，及家華觀禮。

剪綵畢，眾人鼓掌。

這時一輛「賓士」轎車在喇叭聲中，徐徐進來。

眾人退讓。

大肚子的錢芳問著：「誰啊?!」

車停，佳佳先下車。

接著世廷、永娟衣冠楚楚下車。

冬梅連忙迎上。

世廷：「大嫂！恭喜了。」

冬梅：「謝謝！謝謝！」

永娟：「大嫂！莫依！恭禧了。」

冬梅：「謝謝！」

莫依：「謝謝！」

小軍最後下車，一身新行頭，令人側目。

「我以為是誰呢?原來是你?!」錢芳說著。

旭陽向前握手招呼：「大表哥！你發了，恭禧了。」

旭東也向前握手。

旭東：「大表哥！你真不簡單，真是鹹魚大翻身了。」

小軍看見莫愁，連忙挨近叫著：「哈！大明星！」

莫愁謙讓：「不敢當。」

莫依亦過來握手：「大表哥！你闊了。」

小軍見胡家華，故意對莫愁說：「替我介紹一下。」

莫愁拉來胡家華：「胡導！這是我大表哥羅小軍！」

他倆握手，胡導說著：「久仰！久仰！」

小軍又轉向莫依：「哈！小表妹！妳也替我介紹一下。」

莫依立即拉來黃漢民介紹：「這是新加坡黃先生，這是大表哥！」

他們握手，漢民也說道：「久仰！」

其他人望著小軍，小軍出足風頭。

冬梅用手勢邀請：「裡邊坐！裡邊坐！」

但小軍還站在那邊吹噓：「我這一身怎麼樣？名牌西裝、德國皮鞋。」

旭東伸大拇指：「高！」

小軍拉起左衣袖：「你們看看這是什麼手錶？！」

錢芳看了一眼：「勞力士嘜！」

小軍：「七萬塊，剛剛買的，妳看這個打火機，K金市價四千六。」

錢芳睜大眼：「小軍！你不是發了嗎？」

小軍吹著：「所以啊！我以前早說過，考不上大學又有什麼關係？只要會弄錢，我羅小軍如今才算是混得稍微像樣兒。」

錢芳：「呃！你怎麼一下子賺那麼多錢？！」
小軍：「財運來了，門板也擋不住，舅媽！舅媽！小侄混得不錯吧？！」
冬梅望了他一眼：「嗯，是不錯，我打心眼裡替你爸爸、媽媽高興。」
小軍：「妳不會看不起我了吧？！」
冬梅：「怎麼會？一個人正正當當賺錢，是令人佩服的，裡邊請，裡邊請！」
眾人入內，這時吳力趕來。
素素眼尖叫了起來：「媽！吳伯伯來了。」
莫依扶著冬梅迎上。
吳力一臉喜色，抱拳道賀：「恭喜啊！」
冬梅有點意外：「學長！你也得到消息了？！」
吳力笑說：「我的耳目很多，這麼大喜慶的事，都不通知我，實在不應該！」
冬梅雙手合十：「是，是，對不起，裡邊請。」
最後冬梅、吳力邊談邊入內。
吳力說：「聽說妳在台灣的父親，就要來大陸了？！」
冬梅一怔，望著吳力：「妳的消息真靈通啊！妳一定買通了誰，在我們家臥底。」
兩人哈哈一笑。

上海機場，一架民航747班機，在上海機場降落。

旅客下機，其中一位滿頭白髮的老者下了樓梯後，跪下在地上親了一下。

旁邊一個老女帶著台灣口音說：「你神經病啦？！」

老者損他一眼，說：「妳懂什麼？我離開家鄉四十多年了，第一次踏上祖國的土地，我太激動了。」

「等會見到女兒，不知道你會怎麼樣？」

老者說：「冬梅一定在機場門口等了。」

原來這就是台灣來的江父與江母，他倆隨出境旅客去領行李。

出境處，已匯集很多接客人，有的拿著旅行社牌子，有的拿著飯店，旅館牌子。

旭東拿著一塊寬大的牌子，上面寫著「熱烈歡迎江樹海老先生」字樣。

素素跳著往前望，高興地說著：「我看到了，外公推著行李出來了，比上次寄來的照片年輕。」

「哪裡？哪裡？」冬梅也擠著跳著。

旭東：「外公和外婆出來了。」

江父推著行李車，旁邊跟著江母。江父看見旭東舉的牌子，向這邊揮揮手。

江父出境。

冬梅搶著迎上，父女激動對望，含笑！嘴巴顫抖著，終於冬梅撲上去擁抱父親，痛哭叫著：「爸！爸！啊！」

江父也一臉淚水，拍著冬梅背：「孩子！孩子！我們父女終於見面了。」

江母在旁擦淚。

江父拉過江母介紹：「冬梅！這是妳在台灣的母親。」

冬梅也與江母擁抱叫了一聲：「媽！」

江母也拍了冬梅的背。

冬梅一邊擦淚，一邊叫著：「旭東！素素！快來見外公、外婆。」

旭東與素素也以熱淚滿腮，雙雙撲上。

旭東擁抱江父叫著：「外公好！」

素素擁抱江母：「外婆好！」

江父：「好，好，大家好！」

冬梅：「爸！這是我家老大蔣旭東，和媳婦素素，他們是代表孩子們來歡迎您。」

江父又擦淚：「好，好，我太高興了。」

冬梅說明：「待會晚上吃飯的時候，會全部到齊。」

江父：「好！好！」

旭東：「外公！外婆！請上車吧！」

面前招來一輛”的士“。

旭東、素素將行李放在行李箱，然後就坐。

”的士“開出，而去。

冬梅客廳，蔣家全家男女已到齊，分長幼並排坐在那邊。

圓桌已擺滿了菜餚。

冬梅攙扶父母進入。眾人站起笑臉注目。

冬梅一一介紹認識：「爸！老大旭東和媳婦素素，您見過了，旭東和素素齊聲叫著：「外公！外婆好！」他們行了鞠躬禮。

江母一臉笑容說：「外公、外婆帶來一點小小禮物，每個人紅包一個，美金一百元，金戒指一枚，手錶一只。」

江父江母分送禮物。

旭東、素素道謝！退到一邊。

旭陽和懷孕九月的錢芳，向前行禮叫著：「外公！外婆！好！」

冬梅笑指：「這是老二旭陽和媳婦錢芳。」

外公：「好！好！妳媽說旭陽是碩士，除了美金、手錶一樣，旭陽多一份禮，送金戒指兩枚。」江父、江母分送禮物。

眾人鼓掌。

旭陽、錢芳道謝退一邊。

莫愁上，甜美的語氣叫著：「外公！外婆好！」莫愁鞠躬。

江父招呼：「莫愁！來讓外公好好看看妳。」

莫愁再近一步，江父定睛看了一看感嘆：「嗯，一看就是大明星架式。」

江母也說：「台灣報紙，也常登妳的消息。」

莫愁意外：「是嗎？！」

江母：「後來才知道妳是我的外孫女，我好驕傲啊！」

莫愁：「謝謝外婆！」

江父笑說：「做明星是不容易的，吃了不少苦，妳為江家、蔣家爭了面子，外公太高興了，所以妳金戒指又多一個，一共三個。」

莫愁連忙說：「外公！我一個就夠了，另外的給媽吧！」

江父點頭：「嗯，妳很有孝心，傻孩子，妳以為還少了妳媽的禮物嗎？她的大禮到最後再給。」

冬梅連忙插嘴：「爸！我現在什麼都有。」

江父：「這是爸的心意，等下再說。」

江父送莫愁禮物。

莫愁答謝：「謝謝外公！外婆！」

莫愁退，莫依上。

冬梅介紹：「爸！這是老四莫依，他小時得過小兒痲痺症，所以行動有點不便。」

莫依叫著行禮。

江父定睛望了望：「多漂亮的孩子，聽說妳承包了蘇繡坊，也做了老闆了，了不起，多一個金戒指以示獎勵！」

江父問說：「還有我的曾外孫呢？」

素素連忙抱了嬰孩向前，對嬰孩說著：「叫太外公！太外婆！」

嬰孩笑了笑。

「太可愛了，這個金鎖片送給你。」

素素代答：「謝謝太外公！太外婆！」

江父回望：「還有誰？！」

黃漢民站在一旁，呆笑著。

江父問：「冬梅！這位是……」

冬梅這才警覺：「噢！他是新加坡華僑黃漢民，也是莫依男朋友，他們快要結婚了。」

江父笑口大開：「太好了！太好了！那等你們大喜的日子，我再送禮。」

漢民抱拳答謝：「謝謝！」江父看了旭東一眼叫著：「旭東！」

旭東走進一步：「是，外公！」

江父說明：「在我們小的時候，老大是有權威的，也比較佔便宜，所以我也應該再補送一個金戒指給你。」

旭東搖手：「不！外公！我夠了。」

錢芳：「今天他老人家花了不少錢了。」

旭陽：「可不是，聽說外公不過是軍人退役後，一個普通公務員，又沒有恆產，不過幾十年辛辛苦苦存了一點積蓄而已。

錢芳：「大概幾十年沒有見面，太激動了。」

旭陽：「媽因為外公在台灣，解放後被貶為黑五類，吃了不少苦，也許是一種補償吧！」

錢芳：「噢！」他停了停轉變話題：「旭陽！你去美國考察的事怎麼樣了？」

旭陽：「正在辦理。」

錢芳：「我陪你一起去美國好嗎？」

旭陽：「你快懷胎十月了，萬一在美國生產，那怎麼行？」

錢芳：「你真笨，在美國生產，不是更好，孩子就成美國人了。」

「錢芳！你怎麼會有這種不正常的心理？做中國人有什麼不好？我們有五千年歷史文化，我們有刻苦耐勞的傳統精神，我們應該以中國人為榮啊！」

錢芳：「我怕在國內生產，美國的設備好多了。」

「無稽之談，我媽做了一輩子助產士，接生兩千多個嬰孩，哪一個不是平平安安，順順利利生下來的？」

錢芳有點失望：「我不管，我爸媽都答應了，我要去！我要去！」

旭陽安撫：「錢芳！妳怎麼孩子氣又犯了，這件事，媽是決不會同意的！」

冬梅客廳，眾人坐在電視機前，準備看上海電影節，實況轉播。

冬梅在弄飲料。

旭陽站一邊。

冬梅說：「你告訴錢芳，這件事，我絕不會同意的！」

旭陽：「我說了，沒有用。」

「她簡直是胡鬧，她父母同意了?!」

旭陽：「我岳父、岳母是支持錢芳的。」

「就是去，也沒那麼容易。」冬梅說。

「這個關節，他們有辦法打通，因為我岳父有美國朋友，利用商務考察，偽裝懷孕小一點，是可以過關的。」

冬梅有點氣了：「但是她生的是我們蔣家的孩子，她可不能胡來！」

旭陽：「這……」

冬梅臉色變了：「旭陽！疼老婆是應該的，但要看什麼事情，遇著妻子不合理的要求，有時候也得拿出魄力，顯顯丈夫的威風！」

旭陽：「是！媽！」

江父有點關心說：「冬梅！什麼事?」

冬梅掩飾：「哦，沒，沒什麼？旭陽！過兩天我去勸勸她。」然後她轉頭問大家：「怎麼？電影節頒獎的節目快到了吧！」

莫依：「快了。」

素素在旁端飲料。

真的不久，上海市電影節頒獎節目開始，眾人一邊觀看，一邊輕輕講話，莫依最為關心，大聲叫著：「大家不講話，現在宣佈最佳女主角了。」

螢光幕上，主持人拿了信封，故裝緊張：「現在緊張的時刻到了，提名本屆電影獎，最佳女主角獎的有〞母與女〝彩霞，〞我愛我夫〝蔣莫愁，〞天下父母心〝玉珊，〞大草源〝香玲，〞黃昏之戀〝志英。得獎的是……。他撕開信封看。

緊張的小鼓直響著。

主持人大叫著：「上海市電影節獲得最佳女主角獎的是〞我愛我夫〝蔣莫愁！」

冬梅等驚喜歡樂地跳起來。

莫依叫著：「哇！姐得獎了！姐得獎了！」

旭東：「不要吵，莫愁還要講話。」

螢光幕上，莫愁抱著金像獎，走向領獎台致詞：「謝謝評審委員，謝謝全國觀眾，謝謝〞我愛我夫〝全體攝製組的小姐、先生們，也要謝謝導演胡家華，我更要謝謝我的家人，和我母親的支持，沒有母親的鼓勵，我不會有今天，沒有母親的督促，我早就改行業，是母親教我堅持，忠於自己的興趣，這次獲得提名，我媽又叫我以平常心看待，她老人家說：得不得獎無所謂，只要演好自己的角色就好了，今天有幸獲得這項殊榮，我要將這項殊榮獻給母親！媽！妳的女兒沒有令妳失望，……」她說到這裡，哽咽不能成聲。

台下觀眾掌聲如雷。

冬梅也感動地哭了。

其他人也喜極而泣。

江父亦老淚縱橫：「好孩子，我的外孫女，替我們江家、蔣家爭了光。」

興奮之情仍在每個人心中蕩漾。

電話鈴聲響了起來。

莫依說：「大概又是來道賀的，連這通十二通電話了。」

她拿起聽筒接聽：「喂！哪位？是佳佳（表情有異）好，妳等一下，媽！佳佳，很急，大概又發生什麼事了？！」

冬梅接電話：「喂！是佳佳嗎？嗯？（大驚）什麼？妳再說一遍，好，我馬上來。」

冬梅掛了聽筒，面色凝重。

旭東問說：「媽！什麼事？」

冬梅：「羅小軍走私販毒，東窗事發！他媽又發瘋了，他父親拿刀要自殺，旭東！你陪我去一趟。」

素素：「我是說，他哪裡來的錢？原來是走私販毒來的，這種人槍斃十次都有餘。」

冬梅對台灣父母招呼：「爸！媽！你們先去休息，一個親戚出事了，我去看一下。」

（三十二）

胡導家客廳，胡導、莫愁、曹製片三人各拿一個獎，一手格在別人肩上，好似舞蹈一樣進入客廳。

莫愁拿獎舉了舉，爽樂地說：「最佳女主角獎！」

胡導也拿獎舉了舉說：「最佳導演獎。」

曹製片也拿獎舉了舉說：「最佳製片〞我愛我夫〝連中三元，統統吃，統吃！」

三個獎放在茶几上，閃閃發光。

莫愁：「曹製片！一片中三元，恐怕少有吧？！」

曹製片歡悅地說，「可不是，從來沒有過，我們應該珍惜這次成果，趁勝追擊！」

莫愁：「講藝術，〞黃昏之戀〝也不錯，可惜全軍覆沒，一個獎也沒有得！」

曹製片：「得獎有時候要靠運氣，一定是妳福星高照，我們沾光！」

胡導端來三杯茶，一人一杯：「來！祝我們鐵三角合作愉快。」

他們三人碰杯。

曹製片看錶說：「我愛人身體不舒服，我先走一步，你們聊聊，再見！」

曹製片辭去。

胡家華與莫愁對望。

莫愁看了看胡妻遺照：「若是姐還在，她會替我們高興的。」

胡家華看了看莫愁，再也無法忍耐，他一把摟住莫愁，親她髮，親她眼，最後親她嘴。

兩人吻住了。

久久後，胡導擦嘴站起：「去，到妳府上去！」

莫愁不解：「幹什麼？」

胡導：「去見伯母！」

莫愁看手錶：「這個時候？已經十一點了，明天再說吧！」

「不！我不能等了，去！」

胡導拉了她，她拿了獎，一同奔出。

冬梅客廳，他們坐在沙發上，莫愁投靠在家華肩上，兩人都睡熟了。

冬梅與旭東輕輕進來，打開燈，見胡家華、莫愁，大為意外。

家華與莫愁驚醒，擦了擦眼，連忙站起。

莫愁：「媽！回來了。」

冬梅：「折騰了一個晚上，妳姑媽又送精神病院了。」

莫愁：「我聽大嫂說了。」

胡導叫了一聲：「伯母！」

冬梅：「胡導演！恭禧，妳們連中三元。」

胡導：「伯母！叫我家華。」

冬梅笑笑：「好，好，家華！」

莫愁：「我們來了，媽不在，他就賴在這裡不走了。」

胡導：「伯母！這個家很溫暖，我一來，就不想走了，能收留我，作為蔣家半子嗎？」

冬梅一怔，莫愁看看胡家華說：「妳臉皮真厚，哪有這麼求親的？！」

冬梅頓了頓說：「家華！今天我跟你老實說，我早調查過你，對你家庭情形我也很了解，你在影劇圈這麼久，沒有一點桃色新聞，可見你是一個出污泥而不染的正人君子，所以我才放心讓女兒一直跟著你。」

胡導搓了搓手，恭敬地說：「謝謝！」

冬梅望了一眼家華說：「還有一個秘密，我現在告訴你，連我女兒莫愁都不知道。」

莫愁：「媽！妳是說……」

冬梅：「他夫人約我去見過面，她求我答應……」

莫愁極意外：「什麼？」

冬梅望了家華：「孩子！我早就等你開口了。」

胡導：「我是在等今天，等莫愁拿了獎的時候，伯母！您願意將莫愁小姐嫁給我嗎？」

冬梅微笑說：「我問你一個問題！」

胡導：「請伯母指教！」

冬梅考慮俄頃：「這個……我很難開口，中國人不能免俗，你拿什麼給莫愁生活保證？」

胡導嚴正回說：「伯母！我們還年青，還要奮鬥，生活是沒有問題的，這幾年我也掙了一點錢，我想以莫愁的名義，在我們浙江千島湖家鄉，捐贈一所國民小學，一是響應希望工程，二是留作紀念，伯母！以為如何？」

冬梅一聽，雙眼一瞪：「太好了，出乎我的意外！」

胡導：「伯母是說……」

冬梅微笑說：「把錢用在正途，比給莫愁買棟房子，我還要高興。」

胡導：「謝謝伯母！」

冬梅故裝生氣：「叫媽啊！笨蛋！」

胡導這才一本正經，感情地叫了一聲：「媽！」

冬梅也極欣慰：「好孩子！這麼好的女婿，打燈籠都找不到。」

莫愁羞地：「媽！您這麼誇他，將來我還不是看他臉色過日子？！」

冬梅正色說：「好就是好，壞就是壞，我們蔣家的孩子，不管兒子、女兒，還是半子，我可以拍胸脯說，一個比一個有出息！」

眾人一笑。

胡導：「關於婚期，還得請您老人家決定。」

冬梅想了想：「我看這樣吧，為了響應政府勤儉節約，你跟莫愁，莫依跟漢民的婚事，也不要大魚大肉，以茶會的方式，隆重舉行，你看怎麼樣？！」

胡導：「這許多年，我認識朋友不少，如果大開宴席，太招搖了，就照媽的意思辦吧！」

冬梅喜悅：「好極了，家華！時間不早了，你可以安回去休息了。」

家華：「謝謝媽！」

胡家華鞠了一躬，望了莫愁一眼，然後興高采烈回去。

(三十三)

旭陽臥室，錢芳穿著寬大孕婦裝，對鏡看了又看，又摸摸肚子。

旭陽提了皮包回來。

錢芳接過皮包：「回來了，怎麼這麼遲才回來？」

「和朋友談點生意，看了看錢芳又說：「小芳！我想自己創辦事業。」

錢芳不解：「我爸爸給你一個副總經理的職位，拴不住你了？」

「妳爸給我職位再高，也是替妳們錢家打工，我要為自己打拼。」

「你跟我爸談過嗎？」

「還沒有。」

「你不是馬上要去美國談洽生意？」錢芳說。

「也是為我自己的事業敲定合作夥伴，後天走，兩個星期回來。」

「莫愁、莫依他們什麼時候舉行婚禮？」錢芳突然問了這個問題。

「聽媽說三個星期以後吧！」

「旭陽！我恐怕不能參加她們的婚禮了。」

「為什麼？」旭陽不解。

錢芳：「我們後天走，我跟你同架飛機。」

旭陽意外，瞪了眼：「什麼？你還是要去美國生產？！」

錢芳：「你看我穿了孕婦裝，我偽裝才五個月，美國人看不出來的，而且我媽都替我安排好了，你不用擔心。」

「機票呢？」旭陽問說。

錢芳在梳妝台拿過機票：「是公司總務替我辦的，和你一起走。」

旭陽極為不滿，搶過機票，看著氣說：「我早跟妳說過，我不會同意的，我媽也不會同意的，妳還要我行我素，妳把我的話當放屁！妳把我媽的話當耳邊風！錢芳！千金小姐！我受夠了，結婚以來，我處處讓著妳，呵護著妳，可是妳越來越不像話了，妳去吧！妳去吧！」

旭陽一氣之下，把機票撕了，拋向空中，散滿一地。

錢芳氣結，傻住了：「你……」

旭陽拿外衣欲走，走到門口，怒目望錢芳。

錢芳突然笑起來：「哈哈……旭陽！你生氣的樣兒，好可愛！」

旭陽怔住了。

錢芳：「旭陽！這是我們婚後，你第一次有男子氣慨，我服了你！」

旭陽走回，望著錢芳：「你不去美國生產了?!」

錢芳含淚說著：「機票都撕了，我怎麼去?!」

旭陽衝動，想一把擁過她。

錢芳孩子氣急逃，不小心撞了肚子，疼地蹲下去。

「小芳！妳怎麼啦?!」

「我不小心撞到了，我，我好疼……」

「會不會……」旭陽有了直覺。

錢芳咬牙忍痛說著：「我不知道，我疼死了，疼死我了。」

錢芳下部流血。

旭陽嚇著了：「妳流血了，妳流血了！」

「都是你害的，都是你……」

「來不及了！」錢芳說：「快打電話給你媽，要她趕快來。」

旭陽扶錢芳到床上躺著，連忙撥電話。

冬梅接到電話，急得大叫：「素素！素素！」

素素不知究竟，忙問：「媽！什麼事？」

冬梅：「錢芳不小心碰到胎兒，恐怕要早產，妳快把手術箱拿出來，我們一起去。」

素素：「是，媽！」

冬梅又對旭東說：「旭東！你去門口攔部的士，我馬上走。」

旭東開門出。

素素提了手術箱出來，然後扶冬梅快步出。

旭陽客廳，旭陽吸菸急踱步。

錢董夫人也坐在那邊，乾著急。

錢芳喊疼的聲音一聲聲傳來，扣人心弦。

素素拿什麼，不時進進出出。

這時素素又穿助產裝出來。

旭陽連忙攔著她急問：「大嫂！怎麼樣了？！」

素素答：「快了！快了！」

旭陽又拿煙吸著，吸了一半丟入煙缸，顯示內心乾著急。

這時門鈴響，旭陽去開門。

錢董進來，錢夫人迎上。

錢董問說：「還沒有生？！」

錢夫人回答：「羊水是破了，孩子還沒有下地。」

錢董看表：「已經兩個小時了吧？！」

錢芳喊疼的聲音又傳來。

錢董及妻不忍之表情。

錢芳大喊一聲傳來。

旭陽、錢董、錢夫人緊張聽著。

嬰孩哭聲傳來。

旭陽及錢董、錢夫人鬆一口氣，面露喜色。

素素復出，被三人圍上。

素素喜形於色說：「旭陽！恭喜你，是一千金，和弟妹一樣漂亮。」

錢董亦與旭陽握手：「旭陽！恭喜你啊！我做外公了，嘿嘿……」

旭陽：「謝謝爸！謝謝媽！」

錢芳躺在床上。

冬梅將嬰孩放在她身邊。

錢芳抓了冬梅的手，真心實意地說：「媽！謝謝妳！」

冬梅微笑說：「我早說過，女人生產是很平常的事，妳何必要去美國呢？」

錢芳也微笑回答：「媽！我太孩子氣了，您原諒我吧！」

冬梅：「妳好好休養，孩子來的太突然了，我還得準備妳和孩子吃的、用的。」

這時旭陽、錢董和錢夫人進來。

錢夫人說：「親家母！我一切都準備好了，妳放心吧！」

冬梅抱起嬰孩：「親家公！親家母！看看孩子吧！她是我們兩家的心肝寶貝！」

他們看著嬰孩。

冬梅放回嬰孩，想走出，不料步履不穩，素素連忙扶住她。

素素擔心說：「媽！妳是不是太累了？！」

冬梅做不聲狀，素素扶著走出。

(三十四)

蔣家喜事連連，除了二媳生了如花似玉的孫女，蔣莫愁和名導演胡家華及蔣莫依和黃漢民，也在不久舉行婚禮，冬梅為響應政府勤儉節約，以茶會方式隆重舉行。

婚禮進行曲揚起，爆竹在禮堂大門口燃放。

胡家華、蔣莫愁和黃漢民、蔣莫依兩對新人，穿著禮服新郎、新娘彩條，自餐廳出來，後面跟著一大群長輩及親友。

他們拍攝團體照，作為紀念。

拍照後，兩輛新車開到，兩個女兒均來親母臉，兩對新人分別上車去度蜜月，親友揮手送行。

冬梅既興奮，又難過，頻頻擦淚。

兩部新車離去，親友向冬梅道喜告別。

鄭成明分局長夫婦，這才走近。

冬梅：「局長！你在百忙中還來參加小女婚禮，萬分感謝！」

鄭分局長：「哪裡！看到她們長得這麼漂亮，這麼有出息，我打心眼裡替你高興。」他考慮俄頃又說：「有一件事，要告訴妳。」

冬梅望他。

他與冬梅耳語。

冬梅極力受驚：「呃？什麼時候的事？」

鄭分局長：「今天上午。」

冬梅似乎要昏厥，素素連忙扶住：「媽！媽！妳怎麼啦？」

鄭分局長安慰：「大嫂！妳也不要難過了，這是他不走正路的下場，怨不得誰？我們走了，再見！」

鄭分局長夫婦招呼後步出。

冬梅待了半天，終掩面哭了起來。

阿美：「冬梅姊！是不是捨不得兩個女兒呀？」

冬梅搖頭在阿美耳旁清說：「羅小軍逃出拘留所，跳牌樓自殺了。」

王大有與阿美聽後，也大為驚訝，王大有嘆道：「呃？！又出事了？！」

吳力走近，問說：「冬梅！妳不舒服？」

冬梅又與吳力耳語，吳力也吃了一驚。

「我實在太累，學長！能不能偏勞你代表我去看一下。」

「好，我這就去。」吳力一口答應。

冬梅的台灣老父，還在上海，這日她扶住老父在一個花園中散步。

「後天我就要回去了。」江父有點不捨說。

冬梅望他：「爸！再多住幾天好嗎？！」

江父：「台灣還有點事要處理，我也該回去了。」

「爸！對大陸有什麼印象？！」

「分兩方面來說：大的方面，看到人民生活都改善了，而且急起直追，快要趕上台灣水平了，我替大陸同胞高興。」

「那小的方面呢？」

「你母代父職，把孩子個個教育得這麼好，這麼有出息，我打心眼裡感到很欣慰。」

冬梅：「爸誇獎了。」

江父：「真的，冬梅！老爸好高興，半夜裡我都會高興地笑醒了，什麼時候去台灣玩玩？！」

「等一段時間再說吧！」

江父看了冬梅一會，才說：「冬梅！有件事我希望你原諒我。」

「爸是說……」

「當年到了台灣，音訊全無，我以為這一生再也不能回大陸了，所以我娶了台灣籍的你現在的母親。」

冬梅：「我能理解。」

江父：「明天妳陪我去妳母親墳上看看，我太對不起她了。」江父哽咽了。

冬梅也哽咽地說：「媽是為了你被折磨死的。」

江父擦淚說：「我知道，我知道，好在這一切都過去了，其實我在那邊心情也很鬱悶。」

「爸！既然這樣，回來定住吧。」

「我所以叫妳在蘇州家鄉置房子，也是這個原因。」

「好，我抓緊時間辦理。」冬梅說。

江父：「我已經八十一歲了，時間不多了，在有生之年，我希望能夠和妳團聚。」

冬梅又哽咽：「爸！我知道。」

妳認為現在的母親為人怎麼樣？」江父突然問了這句話。

冬梅沒有考慮就說：「還算大度，蠻通情達理的。」

「妳這麼說，我就安心了，回去吧！」

江父看了看冬梅，又望了望遠方：「唉！四十多年了，四十多年變化多大呀！」

江父停了停，才在冬梅攙扶下離去。

（三十五）

光陰似箭，歲月如梭，半年過去了，這日冬梅在客廳抱著孫子日正。

素素提了禮物準備出門作客，對冬梅說：「媽！那就麻煩您了。」

「沒有的事，剛好今天不去心理輔導室，有日正陪著，也蠻好的。」

素素逗著孩子：「日正！媽去看外公了，要乖點啊！不要惹奶奶生氣。」

「妳去吧！替我向妳父親問好。」

素素這才揮揮手走出。

冬梅抱著日正，在窗前站著，又在沙發上坐坐，然後把日正放下，讓他在地上玩。」

日正把一杯水打翻了。

冬梅趕快收拾。

日正牙牙學語，在地上爬東爬西，冬梅在旁保護，弄得忙亂不堪。

這時門鈴聲響。

冬梅去開了門，原來是錢芳抱女兒進來。

錢芳：「媽！大嫂呢？」

「剛剛走，下鄉看他父親去了。」

「啊！那真不巧，我本來想請她帶晶晶，我要上百貨公司買點東西。」

「那我來帶吧！反正我今天不去心理輔導室。」

錢芳：「那就麻煩媽了，這是奶粉、這是尿片。」她把嬰孩的用品全部撿出來。

冬梅微笑說：「好，好，妳走吧！」

冬梅接過嬰孩抱著。

錢芳：「媽！我走了。」

錢芳這才一身輕鬆步出。

冬梅抱著孫女晶晶，又要照顧孫子日正。

她逗著晶晶：「晶晶！乖！笑一笑。」

晶晶真的笑了，冬梅非常開心：「哈哈，好可愛，奶奶喜歡妳。」

冬梅親她，疼愛有加。

日正摔倒了，哭了。

冬梅趕快把晶晶安放在沙發上，去抱日正，拍拍他：「日正，不要哭，乖乖。」

這時電話鈴響，他去接電話，是旭陽打來的：「喂！旭陽！錢芳剛剛來過，他去百貨公司了，孩子在我這裡，沒有關係，我也好久沒有看見晶晶了，很乖，她睡了，對，再見。」

冬梅掛上電話，晶晶卻哭了，她將奶嘴塞在晶晶嘴裡。日正一個人在地上爬，玩得很開心。冬梅看了看他，說：「日正！你自己玩，很好，奶奶累了。」

冬梅坐在沙發上，閉目養神。

一桌的菜肉，素素陪父吃飯。

素素見餐桌無酒杯，問說：「爸！怎麼不喝酒？」

老丁說：「我現在喝得很少，喝多了不舒服，你婆婆都好嗎？」

素素：「很好。」

「旭東呢？」

「在中醫院做醫生，每日上下班，生活正常。」

「他是老實人，不會大起大落，平平穩穩過日子吧。」老丁說。

「我也是這麼想。」

老丁手指窗外：「唉！羅家是完了，上次羅小軍就是在那邊排樓跳樓自殺的，好慘！邪路是走不得的。」

「爸！我現在有了日正，比較忙一點，不能常常下鄉來，你要多照顧自己。」

「知道了，有時候我好想外孫，我想偷偷去看一下。」

「下次我把日正帶來，陪爸爸玩一天。」

老丁欣慰：「好，好，我們老少，肯定玩得很愉快。」

另個媳婦錢芳和母親逛百貨公司，吃著零食狀至愉快。

冬梅把晶晶背在背上弄午餐。

日正坐在地上大哭。

冬梅哄他：「日正，乖乖，不要哭了，奶奶馬上給你吃東西。」

冬梅弄半碗飯，一點碎肉伴著餵日正。

日正卻嗯嗯要大便。

「要大便是不是？！」

冬梅迅即將晶晶放在沙發上，再來抱日正已來不及了。

日正解了一褲子。

「你這孩子，怎麼說解就解了？！」冬梅有點責備。

日正哭了。

冬梅道歉：「對不起！對不起！是奶奶不好，奶奶錯了。」

冬梅忙著替日正擦屁股，換褲子。

不料那邊晶晶也哭了。

冬梅只好一邊餵日正吃飯，一邊用搖鼓逗晶晶，兩邊忙得不可開交。

電話鈴響，冬梅接聽：「喂！是學長，好久不見，有事嗎？」

吳力說：「想到妳，就掛個電話，向妳問候，妳現在幹什麼？」

「帶孫兒、孫女。」

「妳一個人？！」

「對，一個人，帶兩個小孩，挺熱鬧的。」

「冬梅！妳年齡不小了，帶兩個小孩，吃得消嗎？」

「自己骨肉，再累也得帶。」

「妳媳婦呢？」

「一個下鄉看父親，一個去百貨公司了。」

「要不要我來幫忙？」

「算了，你還是享享你的清福吧，她們也快回來了。」

「那妳自己小心一點，不要把老骨頭拆散了。」

「沒問題，我還挺得住，再見！」

「再見！」

冬梅掛了電話。

晶晶哭了。原來尿了，冬梅又替她換尿片。

冬梅忙得要命。

錢芳和母親卻在咖啡廳喝著咖啡。

錢夫人問說：「今天開心嗎？」

錢芳微笑說：「嗯，多少天來，今天最輕鬆了。」

「可是婆婆一天下來，也夠受得了。」倒是錢夫人有體諒親家母之心。

錢芳微笑說：「奶奶這麼好當的？誰叫她不讓我們請保姆，說是手要勤勞，腳要踏實，今天夠她踏實的了。」

錢夫人立即指出：「錢芳，話不是這麼說，她的出發點是對的，年輕人吃點苦，是磨練，但是對一個上了年紀的人帶兩個小孩，是負擔多了點，回去吧！」

錢芳：「好吧！我也想女兒了。」

兩個孩子都累了，都睡了。

冬梅這才吃兩口飯。

素素提了魚乾回來了。見狀就說：「媽，現在才吃飯？！」

冬梅示意她講話小聲一點。

素素：「媽！對不起，辛苦妳了。」突然發現晶晶也在，她就兩眼含淚，哽咽了：「晶晶也在這裡？！」

冬梅：「錢芳要去百貨公司買東西，所以⋯⋯」
素素：「媽！我若是早知道弟妹把晶晶托我們帶，我就不去鄉下了。」
冬梅：「沒關係，我一天下來，還是挺好。」
這時旭陽和錢芳進來。
錢芳：「媽！晶晶還乖嗎？」
冬梅：「挺乖的。」
錢芳抱自己女兒。
素素轉身擦淚。
旭陽問說：「大嫂！妳怎麼啦？」
素素指碗筷：「妳看，媽午飯都沒有吃。」
旭陽責怪的看妻子一眼。
錢芳：「看我幹什麼？我又不知道大嫂不在。」
冬梅：「沒關係，沒事。」
這時旭東也回來了：「媽！今天家裡熱鬧，旭陽和弟妹在這裡吃飯，我下廚炒兩個拿手好菜。」
錢芳：「謝謝大哥，我們要回去了。」
錢芳清理小孩東西。
旭陽：「媽！對不起！辛苦妳了。」
冬梅：「沒事，沒事，我覺得兩個孩子挺可愛的。」

旭陽：「媽！我們走了。」

旭陽和錢芳走到門口。

冬梅在後邊相送，忽然天旋地轉，暈過去了。

旭東及時扶住：「媽！媽！妳怎麼啦？！」

素素：「媽！對不起！」

旭陽及錢芳亦奔回，旭陽問說：「媽！怎麼啦？！」

素素叫著：「暈過去了，快去醫院吧！」

眾人亂成一團。

（三十八）

冬梅躺在病床上，打著氧氣。

吳力在一旁陪著。

旭東、素素、旭陽、錢芳、莫愁、家華、莫依、漢民圍在病床前，面帶憂戚。

「吳伯伯！媽要緊嗎？」旭陽第一個關心問說。

吳力搖頭說：「很難說，因疲勞過度引發急性肝炎，目前燒還沒有退，還沒有脫離險境。」

素素撫臉哽咽，其他人也有點感染。

吳力連忙制止：「你們先出去，讓你們母親靜靜躺一下好嗎？」

眾子女點頭，擦淚走出。

他們站在病房前走廊上。

素素首先自責：「是我，是我對不起媽，媽這兩天，身子本來就不大好，我不該請她老人家帶孩子的。」

錢芳也哽咽：「我也不對，我明知大嫂去鄉下了，還要去逛百貨公司，還要把孩子留給她老人家帶。」

旭陽厲色對妻：「我恨不得抽妳兩個耳光，倘使媽有什麼差錯，妳怎麼對得起她老人家？！」

錢芳擦淚說：「我，我錯了嘛。」

旭東看了大家一眼說道：「今天我們都在這裡，大家摸著良心檢討一下，媽年輕守寡，犧牲青春，受過多少委屈，扶養我們一個個成家立業，這種母愛可以說是發揮到極致，可是我們反過來想想，我們做兒女的，我們做媳婦的，又對她老人家盡了什麼孝心？沒有！可以說半點也沒有！我們結婚有了孩子，不但不能給她老人家含飴弄孫的樂趣，反而給她受累受氣。」他說到這裡，更加大聲音說：「我們對得起她老人家嗎？！」

眾人動容，錢芳對著病房門叫著：「媽！是我不好，我太任性，我發誓，從今以後，我一定孝順您，做個好媳婦。」

素素：「弟妹！媽的病，我們大家都有責任，不能全怪妳！」

莫愁：「我們也不對，光忙著自己的事業，沒有把媽放在心中，我們太自私了。」

家華拍拍她肩，表示安慰。

莫依：「媽為我們蘇繡坊，也出了不少力，可能也是發病原因，媽！女兒也太不孝了。」她說到這裡，蒙臉哭起來。

這時房門打開，吳力走來。

眾人望吳力。

吳力說：「妳們母親已經醒了，叫你們進去。」

眾喜形於色。

吳力：「大家把眼淚擦掉，進去的時候，不要太衝動。」

大家擦淚，吸了一口氣，由旭東帶頭，一對對魚貫而入。

冬梅已拔去氧氣，斜靠在床頭。

旭東等人進來。

旭東：「媽！您把我們嚇壞了。」

素素：「媽！」

旭陽：「媽！兒子不孝，請您原諒。」

錢芳：「媽！」

莫愁扒在床上哭了：「媽！您昏迷了兩天，您知道嗎？」

莫依：「媽！我們對不起您！」

家華、漢民也感情地叫著。

冬梅一個個看過去，然後說：「不要哭，把眼淚擦掉，別那麼沒出息。」然後她望著莫依：「莫依！妳去新加坡拜見公婆和親友們的事，機票買了沒有？！」

莫依：「媽身體不好，我想延幾天再去新加坡。」

「莫愁呢？妳不是正在拍戲？！」

「我們暫時停拍了。」

冬梅有點不高興：「為什麼？你們為什麼？只是一點點小毛病，不要緊的，妳們盡管去辦你們該辦得事，旭陽呢？你為了自己事業，不是還要去香港？」

旭陽：「延後幾天再去吧！」

冬梅：「不可以，商場如戰場，要把握機會，你盡管去，嗳！」

眾人叫了一聲：「媽！」

冬梅看了看他們，堅定地說：「孩子們！這場病打不倒我，我不會死，我還有許多事要做，我要創辦一所助產士學校，迎接更多新生命！」

眾人望著一個一生受苦受難，有堅強意志的老婦，內心非常折服。

莫愁受感動，用激動的口吻說著：「誰沒有母親？哪個家庭少得了母親？母親啊！母親！世界上還有比您更偉大、更崇高、更深刻的愛心嗎？現在我們兄弟姊妹一同來唱，有家電視公司演出的連續劇的主題曲〝母親“。

於是”母親“主題曲音樂起，莫愁用激動的音調先唱，然後眾人跟個合唱：母親！母親！我愛您，您教我們要吃苦，您教我們要爭氣……」

冬梅感動，不時擦淚，冬梅撐持下床，由吳力扶著她。

畫面再轉回憶當年夫死，攜帶子女擠火車、婆婆虐待。

冬梅揹莫依看病，

莫愁學越劇。

旭東看老丁病。

旭陽考大學疲勞倒立。

最後冬梅與吳力漫步在夕陽西子湖畔，他倆情深的偎依地走著走著……。

—— 全書完 ——

附錄一

作者與二子合影（左長子蔣麟、次子蔣鵬）

附錄二

母親

1=D 4/4 ♩=120

作曲：俞秋華

作詞：俞梅華

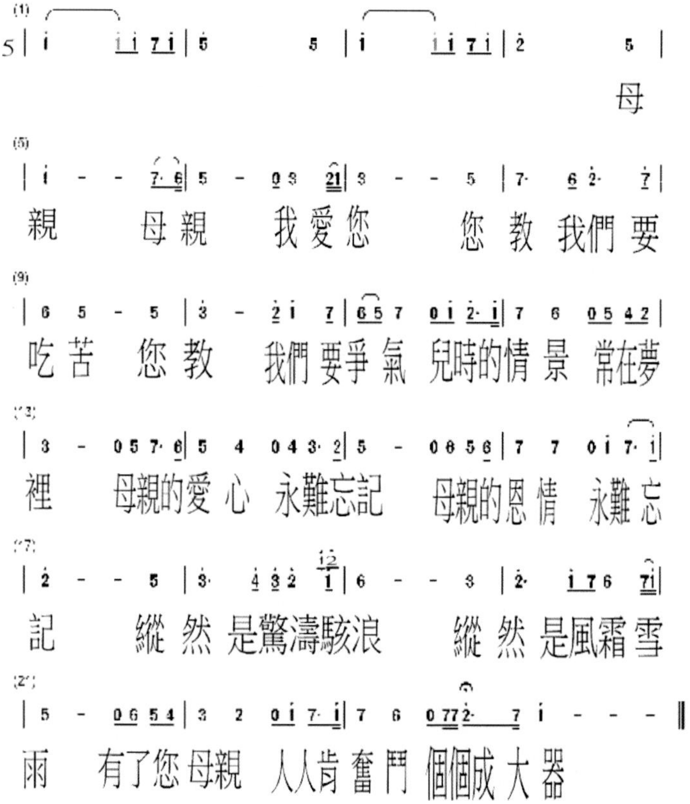

母
親 母親 我愛您 您教我們要
吃苦 您教 我們要爭氣 兒時的情景 常在夢
裡 母親的愛心 永難忘記 母親的恩情 永難忘
記 縱然 是驚濤駭浪 縱然 是風霜雪
雨 有了您母親 人人肯奮鬥 個個成大器